Quo Ashfield
クオ・アシュフィールド
人工的に魔女の血を宿した
超人兵士〈魔女狩り〉の少女。
その中でも、最強と謳われる
性能を持つが、壊滅的に人見知り。

魔女狩り少女の(ウィッチ・ハント)ぼっち卒業計画

孤高の対魔女兵器、女子校に潜入する

熊谷茂太 Illust 瑠奈璃亜

「ほらほら、早く行こうよ！」
Luca Esrythrit
ルカ・エリトリット
魔女の生き残りだが、争いを避け
人の世に溶け込んで生きることを
望んでいる変わり者。

「ちょ、ちょっと
待ってくださいルカ！」

「わたしが、学生生活……。
上手くやれるでしょうか……？」

「知ってたのか、先輩。
……ルカ――そいつが、魔女だって」

Noel Courtney
ノエル・コートニー
クオと同じく〈魔女狩り〉の
少女。軍上層部の命令でクオの
任務を監視するため学園へ編入する。

衝撃波に髪をなぶらせながら、
鋭く硬い眼差しがルカを、
そして——クオを射貫く。

The Bocchi
Graduation
Plan Of
Witch Hunt

The isolated anti-witch weapon
goes to the girls' high school.

「実はわたしっ、
人づきあい
というものが、
全然
できないんですっっ」

Actually, I can't socialize at all!

魔女狩り少女(ウィッチ・ハント)のぼっち卒業計画

孤高の対魔女兵器、女子校に潜入する

熊谷茂太

ファンタジア文庫

3355

口絵・本文イラスト　瑠奈璃亜

Contents

Confidential
TOP SECRET

The Bocchi Graduation
Plan Of Witch Hunt

The isolated anti-witch weapon goes to the girls' high school.

プロローグ

クオは手を伸ばした。

小さな身体(からだ)から鋭く突き出された掌底が、白煙の中でも違(たが)わず相手の顎を捉える。

硬い衝撃に男は「うごっ」と鈍い呻(うめ)き声を漏らし、手元の銃を取り落とす。

ごん、と倒れて頭を打ち付ける鈍い音が教室の床を震わせた。

「あ、すみませんっ」

痛そうな音に、思わずクオは声をあげる。

が、一方でその手は男が落とした銃を拾い上げ、素早く解体していた。

一撃で倒された男はぴくりともしない。

だが相手は学園を襲撃したテロリストだ。手加減はできない。

あと、睨(にら)まれたら怖いし、怒鳴られても怖いし……。

なにより今優先すべきは、この教室に捕えられた人質の救出だ。

教室内は一歩先も見えない白煙に覆われている。だが、クオの脚は迷わず突き進み、その先にいた武装者たちを捉えていた。次の相手に迫る。

初手で気絶させ、手中の拳銃から弾倉を抜き出し、無力化する。すべてが一瞬だった。

教室に発煙手榴弾を投げる直前、室内の情報は見取っていた。

教壇の隅で身を寄せ合い、震えながら俯いている人質の女子生徒は七人。

そして銃器を手にしたテロリストが五人。

先の戦争で王国軍の特殊部隊員として多くの魔女を討伐してきたクオなら、素手でも難なく相手にできる手合いだ。

「――っ⁉」

テロリストたちは為すすべなく立ちすくむだけだった。

何も見えない白闇で、鋭い打撃音と鈍い呻き声だけが発生している。武器はあるが、視界を塞がれては迂闊に発砲もできない。

「おいッ！　何があった⁉」

銃を握りしめたひとりが、堪らず声を上げた。

――数秒前。人質の生徒を押し込めた教室に突然現れた、この学園の制服姿の女子生徒。

そいつが発煙手榴弾を投げ込んで来たのだけは目にしている。

こちらと目が合った瞬間、ビクついて全身を震わせた、怯えた目の。

まさか、あの娘が──？

困惑するテロリストの思考を、背後からの強烈な衝撃が遮断する。

クオの飛び蹴りがその後頭部を突いていた。

武器を投げ出し、白目を剝いた巨体が派手に床を転がる。

その先に、怯えてひと固まりになっていた人質の女子の気配があった。足元に迫った物騒な物音に「ひっ」と震え声が零れる。

クオはすぐさま彼女たちのもとに近付き──

「あ、あのっ、あの………っ」

開いた口をぱくぱくさせると、

「ごっ、ごきげんいかがでしょうかっ」

だしぬけに挨拶を口走っていた。

「………？」

白煙で、互いの姿はほとんど見えない。だが、唐突に自分たちへと向けられた謎の発言に、人質の少女たちは一斉に怪訝な顔をする。

「──いやいや、ご機嫌尋ねてる場合じゃないでしょ」

と、一同の困惑を代弁するように、クオの背後から声が差し挟まれた。

「悪い連中に人質にされて、気分は最悪なんだから」どこかおどける口調で、

「こういう時は『大丈夫?』って聞けばいいんじゃない?」

「あ、ルっ……」

白煙の中からの緩い声に、クオがその名を口にしかけると、

「しぃ、静かに。――今のうちに逃げよう」

潜められた声は、人質の女子たちへと向けられていた。

「白煙で周りが見えない。ここから壁沿いに扉まで移動すれば逃げられるよ」

「は……はいっ」

みなを促すその声には、不思議な穏やかさがあった。銃を持ったテロリストたちを前に怯え切っていた少女たちは、その声にすがるように白煙の中で動き始める。

壁伝いに逃げるルートにいたテロリストは、つい先程クオが制圧済みだ。人質の女子たちは危険なく教室の扉に向かって速やかに逃げていく。

「――言ったでしょ、人質のコたちはぼくに任せてって」

「……！　るっ、ルカ――えっ、ど、どうして、」

耳元に戻って来た囁き主――ルカの言葉にクオが慌てふためくと、

「きみ、ヒトに話しかけるの苦手でしょ？　人質助けるのに難儀するかなあと思ってさ」

軽い口調の指摘に、クオは「うぐ」と詰まる。

実際その通りだったからだ。ルカのおかげで人質を逃がすことができた。

「す、すみません。人質のみなさんとは初対面だったのを思い出して、」

「そりゃそうだけど。どうせ煙で見えないよ」

「ですけど、挨拶はしなければと思って、それでその……」

「律儀なコだねえ、きみは」

白煙の中、どこか面白がるような薄い笑みが零れた。

ルカ・エリトリット。

今日付けでこのウルラス学園に編入したクオが最初に言葉を交わしたクラスメイトだ。

学園に突如現れたテロリストが女子生徒たちを人質に取ったと知るや、「助けに行こう」

と迷いなく動き出したのは、ほかならぬ彼女だった。

奇妙な話だが、テロリストを直接相手していたクオは、ルカの行動に巻き込まれる形で
人質救出に臨んでいたのだ。

「ルカ、まだ危険ですから、はやく逃げてくださいっ」

「そうだねー」

場違いなほど暢気な声とともに、ルカの気配が白煙の向こうに遠ざかる。

その瞬間。

銃声が轟き、教室が震えた。

「誰だおいッ！　出てきやがれッ！」

見えない状況にテロリストの残りひとりが喚き、銃を乱射し出したのだ。

クオは床を蹴った。

『きゃあああああああああっ！』

背後では、逃げていた人質の女子たちの悲鳴が廊下に響き渡る。

バタバタと駆け逃げる足音に続き、バン、と教室の扉が乱暴に閉まる音がした。

みな、逃げ切れた――？

銃声に重なる物音から推測しつつ、クオは最後のテロリストの懐に急速で迫近した。

銃を持つ腕を払い、鳩尾を拳で突くと、動きを止めたその側頭部へ飛び蹴りを叩き込む。

一瞬にして男の身体が床を激しく転げ、動かなくなった。

派手な立ち回りが周囲の空気を攪拌し、白煙が薄れていく。

人質が逃げ、テロリストが制圧された教室の視界が晴れると――

扉にもたれていた細身の少女の身体が、ゆっくりと床に倒れた。

薄墨色の、長い髪が床に広がる。

「！　ルカっ！」
クオは鋭い叫び声とともに駆け寄った。
仰向けになったルカの胸元は、咲き爛れた花のように血まみれだった。
心臓を撃たれている。
「あ……ぁあ、ルカ……！」
クオはその胸元を止血のため手で押さえながら辺りを見回す。
教室の扉に、血が飛び散っている。クオは一目で状況を理解した。
テロリストの乱射した銃弾から人質の女子たちを守ろうとしたのだ。
教室から逃げようとしていた彼女らに流れ弾が当たらないよう、扉を閉めて――
そこでテロリストの銃弾を喰らってしまった。
「ルカ、ルカ……！」
嗄れた声で、クオは何度もその名前を呼んだ。
だがルカの唇は薄く開かれたまま、何の応えもない。
学生になったばかりの自分に声をかけてくれた。
ひとりになろうとしていた自分に「ともだちになろうよ」と声をかけてくれた。
クオにとって初めての――ともだち。

目の前のルカは、生気の失せた人形のような相貌で。

胸から拡がる漆黒の血が、凄惨な花弁を拡げている。

濡れた花のような血の、黒。

「――!?」

その色に、クオは信じられない思いで背筋を凍らせた。

次の瞬間。クオの反応が引き金になったかのように、辺りに飛び散る黒い血が震え出す。

扉を、床を、クオの手を黒く濡らす血は、吸い込まれるように一箇所に集束した。

血の主である、少女の胸元へ。

昏い艶を帯びた黒い血は、凶弾に貫かれた胸元で踊るように揺れながら、血みどろだった彼女の身体を修復してゆく。彼女の胸元だけで、時間が巻き戻されているかのように。

そうして。

茫然とするクオの目の前には、撃たれる前と全く同じ姿のルカがいた。

ルカは制服に血を残した上半身をゆったり起こし、ふぅと薄い息を吐く。

「……やれやれ、びっくりした。でも人質はみんな逃げたよね? よかった」

乱れた髪のまま、のんびりと笑う。

「こればっかりは隠せないね。ぼくが抑えても、魔力が勝手に自動修復しちゃうからさ」

「あ、あの……ルカ……は、」

凶弾で裂かれた制服から覗く、白磁のように滑らかなルカの胸元を凝視しながらクオは呟く。

その揺れる声を、ルカが自分の口元に「しぃ」と人差し指をたてて遮った。

「ごらんの通り、実はぼく、魔女なんだ」

魔女。それは大いなる魔力を有する邪悪な存在。

有史以来、人類が存亡を賭けて戦った天敵であり、先の戦争で終に討ち滅ぼした種族だ。

「…………っ！」

ルカにあっさりと告げられ——だがクオは動けなかった。

人と何ら変わらぬ見た目の、同じ制服姿の、学園の生徒。

ルカが、魔女だなんて。

動揺するクオに対し、ルカは至って落ち着き払っていた。緩めた唇で語りかける。

「クオ、きみは〈魔女狩り〉のヒトなんでしょ。戦争で魔女を殺すための部隊にいた軍人さん」

「……る、ルカ、何を、言って——」

「でも今はわけあって、素性を隠してこの学園にいなければならない。誰かに正体がばれ

たりしたら、軍に処分される——でしょう？」

「……えっ」

クオは目を丸くする。

どうしてそのことを——それは、王国軍特殊部隊〈魔女狩り〉の隊員であるクオが、軍幹部から秘密裏に与えられた、この学園における『特殊任務』だったからだ。

「なんっ、なんで……っ？　あ、いえ、ちっ、違いますよっ」

「嘘がヘタだなあ、きみは」

ルカは人差し指越しの唇に笑みを刻んで見せる。

「ねえクオ。ヒトってさ、魔女が嫌いでしょ」

「え、と……それは……」

「けどね、ぼくはヒトのこと嫌いじゃないんだ」

「で、ですがあの、わたしは〈魔女狩り〉で、魔女は——」

クオの口を咄嗟について出たのは、〈魔女狩り〉である己の使命だった。

〝魔女は必ず討ち斃す〟

〈魔女狩り〉である自分には、それ以外の存在意義などありえない。

だが。その身に刻まれているはずの言葉の続きが、出てこなかった。

とまどいで言葉が接げないクオに、ルカはそうっと語りかけてくる。

「だからさ、内緒にしてほしいんだ。

きみの秘密は必ず守る。だからぼくが魔女だってことも秘密にしてくれないかな」

「……！」

信じられないようなことを、ルカはいとも容易く口にする。

己が人類最大の天敵・魔女である事実。そしてその秘密の共有を。

「ぼくたち、ともだちだろう?」

魔女の必殺を生業とする〈魔女狩り〉のクオへと。

人類の天敵である魔女のルカは微笑みかける。

親しさに溢れた、人懐っこいやわらかさで。

第一章　魔女亡(な)き世界　と　特殊任務

その日、リーゼンワルド王国は歴史上稀(まれ)にみる祝福のさなかにあった。

有史以来、永きにわたり魔女との戦争に明け暮れていた人類が、終に魔女繁殖の鍵である『母体魔女(エンプレス)』を斃すという偉業を成し遂げたのだ。

「人類の叡智(えいち)と結束とが悪(あ)しき魔女を滅ぼし、世界に平和を齎(もたら)した！
人類の恒久なる栄華と繁栄は約束されたのだ！」

現国王による万感の思い溢れる魔女戦争終結宣言のもと、首都・マグナフロンスでは盛大な祝祭が開催されていた。

長く重苦しい戦争から解放された人々が晴れやかな顔で街中に花びらを散らし、メインストリートでは祝勝パレードが始まる。

『王国万歳！　リーゼンワルドよ永遠なれ！』

高揚するシュプレヒコール。祝砲が何度も撃ち鳴らされ、歓声が響く。

そんな華やかな気配を窓越しに感じ取りながら——

「なんとか、終わって……よかった、です……」

王国軍本館幹部棟の一室で、クオは沈鬱な表情でぽつりと呟いていた。

長く伸びた二つ結びの黒髪を耳元からたらんと下げ、丸くて大きな黒に近い藍の目は草食の小動物のようにあどけない。潤みをおびた気弱な眼差しが、小さな体軀と相まって十五という実年齢よりも幼い印象を与える。

「災難だったな、クオ」

そんな少女を、クオの直属上司であるアビゲイル・ブリューナク大佐が平静な声で労う。

軍服に映える真紅の髪と目。怜悧な相貌と艶が漂う鋭い眼差しは、息を呑む美貌と威圧を併存させている。黒檀の机に肘をつく姿ですら画になる女性軍人だ。

大量の書類を山積させている執務机越しに佇むクオは、気弱に首をすくめた。

「いえその、あの、でも……はい……こわ、怖かったです……幹部のかたがた……」

つい先程執り行われていた王国軍幹部会議。クオはその場に召集されていた。

正直、戦場よりも生きた心地がしなかった。王国軍を担う幹部一同の自分を見る目、発せられる気配、そのどれもが――

「せ、戦場で、魔女に囲まれてる状況なんかより、よっぽど恐ろしかった、です」

「軍人などただの血の気が多い連中の集まりだ。魔女よりも人間に怯えてどうする」

　アビゲイルは幹部たちの総評を一言で片付けると、未だびくついているクオを見やる。

「クオ、会議の途中意識がなかっただろう。話はどこまで聞き取っていた？」

「うぐ⁉」

　思わずクオは息を呑んで仰け反る。

　会議の途中、実は立ったまま失神状態にあったことを見抜かれていたなんて。

「すすすみませんっ。緊張で震えが止まらず、悲鳴も出そうで、せめて会議の邪魔にならないよう、息を止めていたんですっ。会議内容は拝聴しておりましたが、途中で、意識が――」

「いくらなんでも、本当に呼吸を殺すことはないだろう」

　アビゲイルは声に呆れたものを交えながら、白状して身をすくめるクオを見やった。

　幹部会議は三十分。その間息を止め、途中意識が途切れても直立を維持していたとは。

　超常的な体力と気力ではある。

「す、すみません……今後は、会議の最後まで、意識を保つよう努めます、ので」

「その前に普通に呼吸しろ」

　溜息交じりにごく当たり前の忠告をすると、アビゲイルは執務椅子の背もたれに上体を預けた。

「では状況説明を兼ねる。冒頭の議題内容は聞いていたな」

クオは素早く頷いた。

「は、はい。魔女戦争における特殊部隊〈魔女狩り〉の功績、ならびに――」

一瞬。気まずそうにクオは間を置いて、

「〈魔女狩りの魔女〉」

ぽつりとそう呟く。「……の、戦後の処遇について、です」

クオは弱々しく視線を落とした。

――人類の歴史は、魔女との戦争とともにある。

その身を巡る〝万能の黒血〟による魔力によって、この世界の各地、あらゆる時代で人類に幾度も危急存亡の秋を齎した邪悪なる存在。

討ち斃すべき、滅ぼすべき種族――それが魔女だ。

リーゼンワルド王国においても、建国以来数多の兵器が魔女を討つべく開発され、幾多もの戦争が魔女と繰り広げられ、膨大な破壊と犠牲が積み重ねられてきた。

〈魔女狩り〉はリーゼンワルド王国軍遊撃隊・特殊部隊大佐であるアビゲイルによって十一年前に結成された。魔女を斃すために特化された少女たちによる魔女討伐隊。

クオはその最古参の隊員だ。多くの戦場を駆け魔女を討伐すると、やがて他に類を見ない戦力をほこる最強の〈魔女狩り〉となった。

「……でもあの、わたしの場合はただ、他の人より戦歴が長いだけで、あと、休まずあちこち遠征しても疲れないタイプなだけで、それに、運よく自分にあった武器を使って討伐に出られたというだけで、その、わたしは魔女の討伐しか能がない、といいますか……」

ごにょごにょと自省を言い連ねるクオではあるが、結果として誰よりも魔女を斃し、その驚異的な戦力は魔女すら凌ぐとさえ評されるようになった。

そんなクオについたあだ名が〈魔女狩りの魔女〉。

だがクオは喜べない。どう考えても、好意的につけられた呼称ではないからだ。

心中を読んだかのように、アビゲイルは平板な声できっぱりと言う。

「謙遜は不要だ。たまに戦場に出ても退路のことしか頭にない無能な腰抜け幹部ですら、お前の戦果には驚嘆していたほどだ」

「う、いえあの……ボス、ちょっとそれは、言葉が厳しすぎる、のでは……」

「ただの事実だ」

特定の幹部に対する彼女の容赦なさに気圧されつつも、クオは先の会議を思い出す。

――幹部会議は、王国軍元帥オーギュスト・バルムンクの厳かな断言から始まった。

『〈魔女狩りの魔女〉。貴様の功績は王国軍の何者にも勝るものだ』

〈魔女狩り〉としてクオが単独で斃した魔女は二百七十三体。うち、王国軍大隊でも敵わなかった魔女群勢の討伐を引き継いで壊滅させること七度、ついには魔女戦争終結に直結する母体魔女すらも、クオは討伐を果たしたのだ。

たったひとりで軍の大隊を凌ぐ戦力を有し、魔女戦争の終止符を打った――もはやその存在は軍人としての規格すら超えている。

「そ、それで……」

クオは気まずそうな顔で、会議の内容説明を再開する。

「〈魔女狩りの魔女〉は、軍の兵器として、戦争終結を機に処分する、ということに……」

それこそが、クオを召集した今回の幹部会議の議題だった。

『もはやクオは兵器だ』

『規格外の戦力は周辺諸国に脅威を与えかねず、ひいては世界の均衡を乱しうる』

『余計な火種となる前に、この兵器は即刻廃棄すべきである！』

ある幹部の主張は、いわばクオの処分宣言だった。

会議は紛糾した。クオの処分に反対意見を唱える幹部もいたからだ。

「あまりに非人道的だ」「用済み兵器は廃棄すべき」「まだ貴重な戦力である」「それが他国との禍根になりうる！」「もし下手に扱って貴族連盟に利用でもされたら、」「――！」

「――!?」……

――殺伐とした会議室のど真ん中に立たされっぱなしだったクオは、自分の処分を巡る議題の内容以前に、幹部らによる激しい応酬の迫力に呑み込まれてしまった。

緊張と恐怖はついに限界に達し――

(こここわいこわいこわいこわいもう無理ですすみませんすみませ…………きゅう)

呼吸を止めた喉から小さく音が鳴り、意識が頭からフワーと抜け――気絶したのだった。

「ボス……」

クオは渇いた喉をこくんと鳴らすと、神妙な顔でアビゲイルに向き直る。

「このたびは、幹部会議という厄介ごとを招き、すみませんでした。ですが命令とあらば、わたしは処分を受け入れる所存でごず、ざ、ございますして――」

「詫び言は不要だ」

噛み噛みでグダついたクオの言い回しを、アビゲイルは遮った。

「やはりそこで気絶したようだから補足する。クオ、お前には特殊任務が与えられることになった」

「…………はぇい……?」

間の抜けた声を零し、クオは強張っていた両目を大きく瞬かせた。

「わたしは、処分されるのでは？」

「元帥の話には続きがある。処分可否の判断材料として、ひとつ提案が持ち上がった」

「？　⁇」

クオの頭上に疑問符が群れを成す。

特殊任務？　提案？

アビゲイルは簡潔に続けた。

「王国軍幹部連中の〈魔女狩りの魔女〉に対する懸念は、その安全性だ。戦後の世で、その尋常ならざる力が人類の平和を脅かす脅威になるのではないか——そういう話らしい」

「は、い……」

「そのため、クオ自身に脅威はないと、王国幹部が納得できる証明が必要になる」

「……は……い……？」

「そこで王国立の学園に生徒として通う、という特殊任務の提案が為された」

「……」

——どーんどーんどーん、ポンポンポンッ、ワーワー……——

言葉を逸したクオの耳に、外界のパレードの賑やかな音が流れて来た。

そんな晴れやかさとは裏腹に、クオの身の裡はざわつき始める。

「え、と、ボス……あの……が、がく、学園というのは」

「王国立ウルラス学園。南東部アウリス地方にある一般市民階級の女子専用の学び舎だ。二か月前に戦後処理を経て、学校は再開されている。そこに通う」

「かよ、通うというのは……どなたが」

「お前だ、クオ」

「…………え…………がっ……！　かょ……！」

クオは遅効性の毒でも喰らったかのような呻き声を漏らし、その場でよろめき出す。戦場でどんな魔女を相手にした時にも見せなかった動揺ぶりだった。

「で、ど、どう、いっ……なぜっ……なぜでしょうかっ？」

「同じ説明が二度必要か？」

アビゲイルの鋭利な眼差しにクオはびくーっと肩を跳ね上げ、慌てて首を横に振る。

「すみませんっ！　で、でですが、そのあの、わたしの魔女討伐の戦果が幹部の方々の懸念点となり、兵器として処分するか否かを判断するために学園に生徒として通わせ、戦後に順応できる存在だと証明するというご提案はあまりにも突飛というか、理解が難しくてっ」

「充分理解できているだろ」

慌てふためいてはいるものの、もともと呑み込みはいいのだ。

それでもクオは、おたおたと落ち着きがない。

「おおお、お言葉ですがっ、そのご提案は、とうてい、わたしには、不可能です……っ」

「……」

アビゲイルは目を細めた。

猛毒を撒く邪悪な魔女を、群勢を成す魔女たちを、王国軍大隊を壊滅した強大な魔女を
──斃せ。

戦場でボスからの数々の命令を然諾し、そのすべてをたったひとりで達成し続けてきたクオが、初めて命令を拒絶した瞬間だった。

「ボス……っ、わ、わたしにこの任務が不可能というのには、その、理由があるんですっ」

クオはその場に脚を強く踏みしめると、ぎゅっと目をつむって俯き、

「ボス、あの、わたしボスに今まで申し伝えていなかったことが、ありまして……っ」

壮大な覚悟を抱くように拳にした両手を胸元に添え、息を大きく吸いこむ。

「実はわたしっ、人づきあいというものが、全然できないんですっっ」

「だろうな」

これまでひた隠しにしていたクオ渾身の告白に、アビゲイルの相槌は至極淡泊だった。

「………はぇ」

「お前が極度の人見知りであることはとうに理解している」

ぽかんとするクオに構わず、アビゲイルは机上に山積する事務作業を片付け始めた。

「推測に足る案件は山ほどある。お前がひとりで魔女の群勢を全滅させた東部二九二作戦。あれは軍中隊との共同作戦が苦手だからと、作戦前日に単独で討伐したものだったな」

「ひぐ」

「『瘴気の魔女』を瞬殺した南西部一一三六作戦時も、近隣市民を避難させる作業が難しいからと、現地の軍隊と連携する前にひとりで魔女を炙りだし、討伐している」

「へぅ」

「スタンドプレーは事実だが、なまじ戦果が大きすぎる。おかげで現場指揮の軍人たちに貸しも出来た。だが軍のキャンプで配給食糧も受け取れず、現地の野草で飢えを凌いだのはさすがにどうかと思うが」

「はぅわああ、なぜそんなことまでっ⁉」

「戦場でのお前の動向は、戦果以外も把握済みだ」

動揺で声をひっくり返すクオに、しれっとアビゲイルは答えると、

「だが、この提案は利用する価値がある」

紙一面にみっしりと文字が詰まった書類に素早く目を通し、末尾に自署を加えつつ、

「王国軍には戦時中から〈魔女狩り〉そのものに敵対意識を持つ者がいる。自分たちの手柄を新参特殊部隊の小娘に横取りされたと僻(ひが)む連中だ」

たしかに、紛糾していた幹部会議でも〈魔女狩り〉反対派の舌鋒(ぜっぽう)は攻撃性に満ちていた。

「お前の処分を判断するための特殊任務の合間は、連中とのつまらない小競(こぜ)り合いが沈静する。そうなれば、治安悪化地域への遠征や反政府組織の制圧といった急務を優先できる。

クオ、お前が戦場から離れ、学園に通ってさえいればな」

「……ひぇ」

クオは息を凍らせる。「学園に通う」という言葉がもたらす恐怖に。

「ですがあの、わたしが学園に通っても……できることは、何も……」

「普通の生徒として通い、授業に参加すればいいだけだ」

「ですがその、人がたくさん………。あっ！」クオはぱっと顔を上げた。

「ボスあのっ、気配を消して学園に通い、そのまま潜伏し続けるという方法でしたら、」

「却下だ。普通の生徒は校内で気配を消したり潜伏なんてしない」

そんな。

クオはついにその場にべしゃりとくずおれた。会議の緊張にも耐え抜いた心身が「学生になり通学する」という任務内容を前に、脆くも崩れる。今にも泣きそうな震え声で、

「ボス……っ、わた、わたし、人前は本当に苦手なんです……っ。せ、戦争が終わったことは、本当に良かったと思ってるんです。ですが、わたしに魔女討伐以外のことなど……あっ、まだ魔女の残党がいる地域はありませんでしょうかっ？」

「ないだろう。ほとんどお前が滅ぼしたから」

「どんな僻地の、どんな魔女でも討伐します。今なら戦場の瓦礫撤去も承りますのでっ、」

「妙なサービスを追加するな」

「お、おおお願いですボスー！」

ついにクオは慣れない大声を張り上げた。引き攣った声をひっくり返しながら、

「わたしに人と接触する環境での任務なんて、石ころよりも役に立てる気がしません！人がいなくて魔女がたくさんいる場所の方がいいです！　ご再考くださぃー！」

「再考は不要だ。お前はまずその認識を修正しろ」

……生来の性格もあるが、クオの場合は長年にわたる単独での魔女討伐がたたり、人見知りが異様な強化を遂げてしまっているのだ。

人類の天敵・魔女の討伐よりも、人がたくさんいる環境の方が怖い。

とんちんかんになったクオの申し出を、アビゲイルはことごとく一蹴した。

「この特殊任務の提案者のマクミラン・アロンダイト通信兵少将は、〈魔女狩り〉に対して中立の立場を表明している。任務を阻害する横やり工作をすることもないだろう。ウルラス学園も戦時中は南東部軍事拠点に使われ、当の少将が理事に名を連ねていることで、今も軍関係者がある程度関与できる環境だ」

切れ者ではある――アビゲイルはぽつりと少将への評を呟くと、書類作業の手を止めた。

未だ床にへばりついた情けない状態のクオを、真紅が鮮やかな強い目で見据える。

「軍内部での諍いは確かだが、私はこの任務がお前にとっていい機会になると思っている。だから少将の案に乗った」

「でっ、でですがっ、わたしは生徒の方や先生方とか、人とのやりとりが苦手でっ」

「お前の場合、苦手なのは経験がないからだ」

「…………う…………っ」

「だが戦争は終わった。今は何事も苦手だろうと多少失敗しようと、命は奪われない。これからお前はあらゆることを経験していくべきだ」

言葉に詰まり固まるクオへ、アビゲイルはさらに続けた。

「この特殊任務での条件は二つ。

『〈魔女狩り〉の力を一切使わないこと。』

『〈魔女狩り〉の正体を隠し通すこと。』

この二つを遵守し学園に三年間通い卒業することで、軍幹部への証明が成立する」

「そ、そそそれで、幹部の方々は納得されるのでしょうか……？　あんなに、怖かったのに」

「提案者は少将だが、この特殊任務は王国軍元帥の肝煎りとなった。そうそう盾突く奴も いない」

――おそらく元帥も、アビゲイルと同じく〈魔女狩り〉を巡る幹部の小競り合いを良しとしていないのだろう。

軍の内憂に煩わされている暇などない。終戦直後の混乱期に乗じて犯罪組織も横行し、戦時中は大人しかった貴族連盟も小賢しい動きを見せ始めている。

要するに、この任務をクオが拒否するという道は最初から存在していない、というわけだ。

「……あ、あわ……そ……そんな……っ」

わななくクオへ、アビゲイルは畳みかけるように告げた。

「命令だ、クオ。『普通の生徒』として学園に通え。

ついでに友達でも作れば楽しい学生生活を送れるはずだ」

「…………………………御意」

膝に力が入らず、土下座じみた体勢でクオはボスの指令を拝命する——しかなかった。

魔女討伐以外に能のない自分が、『普通の生徒』として。

人見知りをこじらせたような自分が、たくさんの人々がいる学園に通う、なんて。

クオはぐったりとしながら、ある事実に気付く。

——ボスが「ついで」と言っていた内容が、自分史上最も難しい任務であることに。

リーゼンワルド王国立ウルラス学園。

王国南東部アウリス地方辺境にある歴史ある女性用の学び舎だ。緩やかな校風ながら、勉学のカリキュラムが充実しており、王国各地から多くの子女が通っている。

（こ……ここが……最難関任務の、入り口、ということに…………………！）

さながら魔物の住処(すみか)か地獄の門でも前にしたような境地で、クオは身構えた。

アビゲイルから特殊任務を言い渡された五日後。

クオはウルラス学園の正門の前に立っていた。

高さ二メートルの黒い鉄柵はまだ閉ざされている。無理もない。現時刻は午前七時。学園の開門三十分前で、正門の端にある校務員用の詰め所にも人気はない。

ぽつねんと立つうちに心細くなり、クオはその場できゅっと目をつむった。

〈えらいえらい！　任務初日、最難関の『通学』ができたよ～！〉

クオの脳裏で、明るい励ましの声が響き渡る。

それは長年ひとりでいたクオが頭の中で勝手に作り出した〝小さいおともだち〟だ。脳内にいるその子は、クオがリアルな人間が苦手なため、丸っこくて小さくて全身黒い塊みたいな造形をしており、『おこげちゃん』と呼んでいる。

この子は何時でもなんでも前向きに励ましてくれるのだ。クオの裏声で。

俗にいう〝イマジナリーフレンド〟というやつだが、クオはその単語を知らない。

〈通学完了だよ～！　任務達成も同然だね～！　すご～い！〉

クオは目を閉じたまま、へにゃっと笑顔になる。

〈さあっ、学園の敷地に入ろうっ〉

勇気を奮い立たせ、クオは目を開けた。

正門の鉄柵を見据え、一度周囲をきょろきょろと確認すると――

その場で垂直飛びして正門の柵を飛び越えた。

難なく着地し学園の敷地に立つ。

こうしてクオは、文字通り特殊任務の第一歩を踏みしめたのだった。

（やや、や……やりました。学園に……！）

〈とうちゃく～！　やった～おめでとう～！〉

内心でおこげちゃんと喜びを分かち合うと、クオはあらためて己の身態を正した。

支給された学園の制服は、胸元に智恵の象徴・フクロウの翼を象った校章が縫製された簡素なワンピースだ。

軍の隊服以外の衣服。任務前日、いやいや採寸され初めて着用した時はスカートに足元の頼りなさを感じたものの、ふわふわした裾に触れているうちになぜだか「ふへへ」と頬が緩んでいた。

嬉しいような、恥ずかしいような……。制服。スカート。かわいい。

傍で眺めていたアビゲイルが「意外とチョロい奴だな」と呟いていたのはさておき。

先ほどの垂直飛びも難なくできたので、身動きの面でも問題はなさそうだ。初めて履いたリボン紐の革製ブーツも足になじみだしている。

手にする学生鞄は、編入初日とは思えないほど中身がぱんぱんに詰まっていた。

教科書、ノート、文房具――と、そこへさらにクオは万全を期すべく、学園の手引きや歴史書といった学園関連の資料まで詰め込んでいるのだ。

しかも手持ち資料の情報はすべて頭に叩き込んでいる。もしも誰かに学園の創設者や校則第七条を突然聞かれても、すらすらと回答できるだろう。緊張しなければ。

かくして装備と事前準備は完璧だ。あとは……！

（どこかに身を隠して、登校時間になったら担任の教員殿と接触を――）

「あら？　もしかして……今日からの編入生さん？」

「ひえわあああああああっ⁉」

情けない声をあげて、クオはその場に膝からくずおれた。

先行きの行動予測に頭がいっぱいで、背後からの気配に気付くのが遅れてしまった。もし相手が魔女だったら致命傷を受けていただろう。

腰の抜けた状態で振り返ると、そこにいるのはもちろん魔女ではない。ふんわりとした亜麻色の髪を編み込みでまとめた二十代ほどの女性だ。大きな丸い眼鏡の奥から垂れ気味の双眸で、不思議そうにこちらを覗き込んでいる。

「クオ・アシュフィールドさん？」

「は……はい……」

這いつくばった体勢のまま、クオは頷いた。

クオに家名はない。〈魔女狩り〉として生まれ育ち今日まで無家名でも通用したのだが、今回の任務で手続き上必要となり、アビゲイルから「アシュフィールド」を支給された。

「はいあの、本日付けで、ウルラス学園に通います、アシュフィールドの……じゃなく、クオ・アシュフィールドという、その、わたしの名前が、それです」

事前に備えていた挨拶の台詞が、さっそく緊張と動揺で吹き飛んだ。

「よかったわ。初めて見る顔だから、もしかしたらと。はじめましてアシュフィールドさん」

丸い眼鏡の女性は膝を折ってクオと視線を合わせると、

「私はマルグリット・ミュルグレスです。この学園の教員で、あなたの担任よ」

挨拶をしくじったクオに変な顔ひとつせず、朗らかに笑いかけた。

安堵を覚えて思わず泣きそうになるクオに、マルグリットは小首を傾げる。

「早く登校してくれているけど、どうやってここに入れたの？　職員通路は今開けたばかりだし、正門は今日私が開錠当番で、今開けに来たところだったのに……」

「ひう⁉」

人目を避けたくて、ジャンプして柵を飛び越えました――とそのまま答えたらただの不審者、ということくらいクオにもわかる。

「すみません……えとあの、早く、学校に通おうと……あや、怪しい者ではなくて」

「もしかして学校の裏手か壁に抜け穴でも見つけたのかしら？」

「ぬけあな？」

「ええ。学園から金目のものを狙おうと、町から窃盗目的で侵入する者が多いのよ。再開したばかりの学校施設に、泥棒が喜びそうなお宝なんてないのにね」

マルグリットは困ったように笑うと、クオの手を取って立ち上がらせる。

早すぎる時間に登校した編入生を特に不審がることはなかった。

「でも張り切って早目に登校してくれたなんて嬉しいわ。もしよかったら、学園を簡単に案内しましょうか」

「ええ!? そんなっ、……よよ、よろしいのですか？」

優しい提案はありがたい反面、教員の初日対策としては、初対面の挨拶しか用意していなかったクオは内心焦り(あせ)を覚えていた。こんな場合〝普通〟はどう対応を……。

「ええもちろん。ちょっと待っててね、正門の鍵を開けてくるから」

優しく笑いかけ、小走りで正門に向かうマルグリットの背中を見送りつつ。

不安と安堵が綯い交ぜ(なま)の中、クオはきゅっと目をつむった。

〈先生と挨拶できたね～！　やったあ～。この調子なら学園にもすぐになじめるよ～！〉

脳内での前向きな激励にほっと全身が緩んだところで、

「おまたせ。アシュフィールドさん、行きましょうか」

背後からのマルグリットの声に反応したクオは、

「！　ハイっ、オネガイシマスっ」

咄嗟に、おこげちゃん仕様の裏声で応じてしまった。

「？」

「…………………っ」

きょとんとするマルグリットの前で、クオの顔が一気に真っ赤になっていく。

緑豊かな並木道を歩きながら、マルグリットは校内のあちこちを指し示してみせた。

「──学園の敷地は広いけど、まだ本館しか使えていないのが現状なのよ。学園が授業を再開したのもつい二か月前からだし、寮宿舎だけでなく図書館や部室棟、特別教室の別館は水道管や電気設備が整っていなくてまだ使えないの。中庭やプールもぼろぼろでね──」

「……学園、とても、広いです……」

学園の広い敷地に点在する煉瓦造りの建物と、暗記していた学園情報と照合しつつ、クオはもごもごと呟く。

「本館以外でつい最近復旧したのが、あの時計塔なの」

マルグリットが上に向かって伸ばした腕の先には、並木道の先にそびえる尖塔がある。

石造りの塔は、学園内で最も高い建物だった。

「一日一回、正午に鐘が鳴るわ。そうしたらお昼休みよ」

とんがり帽子のような屋根で、顔の部分に時計の文字盤がある。

時刻は七時四十五分を指していた。クオはそこである事実に気付く。

（もう、登校時間に……あれ、ということはまさか……！）

「マルグリットせんせー、おはようございまーす」

「あら、おはよう。今日も早いわね」

「！」

背後からの声にクオはびくりと跳ね上がった。おそるおそる振り返る。

するとそこには。

寝ぼけ眼に緩んだ表情、挨拶を交わし、軽やかな笑い声を朝の清らかな空気に響かせる、
女子生徒たちの姿が並木道に広がっていた。

（ひえわああああああああああああ……！）

危うく絶叫しそうになるところを、全身全霊の全力で抑え込む。

（人が……人が、たくさん……！）

戦場ではいかなる魔女を前にしようと微塵の動揺もなかったクオが、今は同じ制服を着た少女たちを前に、極大の緊張で立ちすくむしかなかった。思考が一気に真っ白になる。

「アシュフィールドさん？　どうしました？」

大勢の女子生徒の姿を見ただけで目を回しかけているクオを、マルグリットが不思議そうに覗き込み——その視線が何かに気付き、クオの肩の向こうへと移った。

「………………！　えっ、ええっ？」

斜め上を見上げて声を漏らす。さらに周囲の女子たちもざわつき出している。

「え、うそ……」「誰？」「わかんない、でも——」「なに、なんで？」「あれって——」

「飛び降り？」

さざめく声音が緊張を帯び始める。

クオも我に返って、みなの視線が一斉に集中している方を仰ぎ見る。すると。

時計塔の大きな文字盤の前に——

一人の女子生徒が佇んでいた。

高い地点の強めの風に、長い髪が揺れていた。女子生徒は両手をだらりと下げ、やけに落ち着いた静かな目で遠くに視線をやっている。

余計な力の抜けた細い身体は、ちょっとした風の具合で今にも傾いてしまいそうな――

「そんな、ど、どうしましょう……あの子、まさか……！」

クオの横でマルグリットが口元を押さえていると、

「なんだ、どうしたあ！　何事ですか、マルグリット・ミュルグレス女史ぃ！」

野太い声の巨軀が、どやどやと本館から飛び出してきた。日焼け肌に太い眉の中年男だ。

「あっ、ロイド先生」

中年男はどうやら教員らしい。マルグリットは素早く時計塔を指し示した。

「せ、生徒がっ、時計塔の上に立っていて……！」

「なにィっ!?　時計塔は生徒立ち入り禁止だぞ！　不良生徒め、けしからん！」

（そ、そういう問題ではないのでは……）

的外れな説教を喚くロイドにクオが心配そうな視線を向けると――同じような表情をしていたマルグリットとぱちっと目が合った。

途端、がしっとマルグリットがクオの手を摑んできた。

「アシュフィールドさん！　あなたの力を貸してくれないかしら！」

「えう⁉」

変な声が口からはみ出たクオに、マルグリットはずいずいと期待の眼差しを寄せる。

「あなたは元・軍属の子だと、編入手続きの書類にあったわ！　あなたなら、あの子を救出できるんじゃないかしらっ？」

「え…………えええっ？　え、ええ？」

とんでもない頼みに、クオはおろおろしてしまう。

――クオの略歴については、事前に調整されている。

軍属。戦場で戦う兵士ではないが、補給や給仕として軍に従属する兵士未満の戦争関係者のことだ。

今回の特殊任務にあたり、クオには「長く戦場にいた、世間知らずの少女」という適度な偽装が施されたわけだが――

「戦時中は勇敢な兵士たちと行動していたのよね！　あなたならきっと、あの子を説得して、危ない所から引き戻せるはずだわ！」

（む…………無理です無理です無理ですよーっっっっ）

顔面蒼白になるクオの脳内に、必死の拒絶が溢れ返った。

「わわっ、わたしにはそんなっ……ただの、軍属の者だったのでっ」

「だからこそよ！　今この場で一番頼りになるのはあなたよ！　だって軍属だもの！」

（せ、先生もしや、軍属を知らない、というか、何でもできる人だと勘違いされているのではっ？）

と、そこへ。

「なにィ？　お前、軍属だとうっ？」

横に居合わせていたロイドまでもが、無骨な声で割り込んで来た。

「軍にいたくせに、おどおどしおって！　実に情けない面だぞ編入生！」

さらに、騒がしい声に周りの女子たちも反応し始める。

「軍属ってなに？」「あの子だれー？」「なんかするの？」「救出って言ってなかった？」

ざわめく声、怪訝な視線、向けられる人差し指が——一斉にクオに集中する。

ひえ、と息が詰まる。魔女からの攻撃なら瞬時に回避できる身体が、人々の視線に晒されただけでビキリと強張っていく。

クオは堪らず口を開いた。

「いぃ、行きますっ、必ずや時計塔の子を説得して、落ちないようにします、のでっ」

引き攣った声で告げると、持っていた通学鞄をマルグリットに手渡す。

「お願いします、アシュフィールドさん……っ、て、重たぁ⁉」

持ち物でぱんぱんの鞄を受け取ったマルグリットが、あまりの重さにつんのめる。

とにかくこの場を逃れたい一心で、クオは一目散に時計塔に向かって疾走した。

塔内の梯子(はしご)を一息に駆け上がると、外に通じる小さな扉からそっと覗(のぞ)き見た。

朝の爽やかな風が、やや強みを帯びて顔に当たる。クオが最初に目にしたのは、風に梳(くしけず)られてなびく白い髪——いや、陽の光で微かな黒が滲んで見える薄墨色の長い髪だった。

塔の外部作業のために後付けされたと思(おぼ)しき煉瓦製の足場に少女は立っていた。脱力した佇まいに静かな眼差しで、足場の先に広がる学園の敷地(しきち)を眺めている。

あどけない少女のようで、老成した女性のような——不思議な雰囲気の横顔を、クオが扉に身体を半分隠しつつ窺い見ていると、

「おやおや、素早いね。もう上がって来たの？」

少女の方から無造作に声をかけられ、クオはびくっとしてしまった。どうやら下で生徒と教員らが騒いでいることには気付いている様子だ。

「あ、あの……こん、こんにちは」

「きみが軍のヒト？　おはよう」

「！」

クオはぎくりと顔を強張らせた。地上での軍属を巡る会話がここまで聞こえていたのだろうか？　ここは高さ三十メートルは優にあるのに。いや、しかしそんなことより——

「すっ、すみません、こんにちはじゃなかったです、おはようございます……！」

「おはよ。はじめまして、だよね？　ぼくはルカだよ。ルカ・エリトリット」

「あ、わたしはクオです。クオ・アシュフィールドです、はじめまして」

「クオ。軍のコが、なにしに来たの？　ここは立ち入り禁止なんだよー？」

強風や高さを意にも介さない暢気（のんき）な口調で少女——ルカは挑戦的な眼差しを向けてきた。

「ぼくを捕まえて処刑しに来たの？」

「そそ、そんなこと、しないですっ」

クオが慌てて首を横に振ると、ルカは意外そうな顔をする。

「そうなの？　『軍』って捕まえたり処刑したりする組織なんでしょ」

「わわ、わたしはただの軍属でっ。あなたが落ちないよう、その、迎えに来ましたっ」

「ふうん、そうだったんだ。……なーんだ」

（……？）

ルカはのんびり呟くが、クオは妙に噛（か）み合っていないものを感じた。

そのまま扉越しにじっと見つめていると、ルカの方から覗き込んできた。

「どうして隠れてるの？　高いとこ苦手？」

「あっ、た、高い所は平気ですっ。ただ、人と、話すのが、ちょっとその苦手で……」

「ぷふっ、恥ずかしがりなの？」

「ぅ、いえあの……緊張してしまって、すみません……と扉越しに失礼します……」

「そう言わずにさ。ほらほら、おいでよ。怖くないよー」

人が自分を見ている、という圧で扉の奥に消えそうになるクオに、ルカが森の小動物でも招くようなやわらかい声で手を差し出してきた。

「……ぅ、う、えっと……」

クオはその手に誘われるようにそろーっと顔を出していた。

塔の足場に立つと、迎えるように差し出されたルカの掌に自分の指先を乗せる。

「ほーら、怖くないでしょ」

「……は、はい……ありがとう、ございます………」

クオはぎこちなく頷いた。

手が触れ合う人との距離に緊張するが、ふわりと笑いかけるルカを前にほっとし——

（……て、安心してる場合じゃないですーっ）

クオは我に返った。ルカを塔から連れ戻すはずだったのに、なぜか自分が塔の外に。暢気に手懐けられている場合ではない……！

「あ、あのその、ルカ・エリトリットさん、は、ここで何を──」

「そんな堅っ苦しいよー。気楽に名前で呼んで。呼び捨てでいいしさー」

言葉を遮られ、クオは慌てて口をぱくぱくさせた。なまえ？　よ、よびすて？

「る、る……るるるるる…………ル、……ルカ……さんっ」

緊張の果てにやっと口にすると、ようやく呼吸できる。

しかし初対面の相手にいきなり呼び捨ては、あまりに難関過ぎる。

命綱のように「さん」を付け足し、どうにか窮地を脱したようなクオの有様に、ルカはぷふっ、と吹き出した。

「口にしたらマズい呪文みたいに言うねえ」

「す、すみません……あ、えと、それで、ルカさん、は、ここで何をしていたんですか？」

「ちょっと探しものだよ」ルカは視線を学園の敷地に戻し、

「二、三日前かな、反応があったからこの学園のどこかで見つかるはずなんだけど」

「はんのう？」

「今はもうないよ。校内あちこち探したけど、ここって広いでしょ？　ぼくがまだ探してない場所があるか、高い所から確認してみようと思ってさ」

「探しもの、ですか……」

クオもつられて視線を眼下へ巡らせた。学園敷地に点在する立派な煉瓦製の建物、運動場や、緑豊かな小径――戦禍で修復が必要な箇所もちらほらと見受けられる。

「あれ、なにかな。茂みで隠れてるけど、建物だよね」

ふっとルカが学園中心にある並木道の外れを指さした。クオは彼女に身を寄せ、ルカが示した地点を見る。先ほどマルグリットから案内をしてもらった施設のひとつだ。

「あっ、あれは、別館です」

まだ復旧が追いつかず、門扉で閉ざされ立ち入り禁止になっている建物だった。

「しばらくはまだ、入れないと聞きました」

「なるほどね。ぼくもまだ、あそこは探していない」ルカは満足そうに頷いた。

「ありがとう、クオ。いいことを聞いた。おかげで道が拓けたよ」

なんだかとても良いことをしたと思わせる、屈託ない笑顔だった。

「何を探しているんですか？」

「さあ……なんだろうね」

それは、はぐらかすというより彼女自身も本当にわからない――そんな口調だった。

「でも、見つかればいいなって思っているよ」

唇は笑みの形のままだ。だが、深い艶をたたえた黒い眼はどこか寂しげで――

その瞳を見つめているうちに、ルカとの間合いがすごく近くなっていた。

わわ、と慌てて後退しかけて、クオは再び本来の目的を思い出す。

「あのっ、無事に用事が済んだということでしたら、そろそろ下に降りませんかっ？」

「ん？　――ああ」と、ルカはこれまで受け流していた眼下の注目にようやく意識を向けた。

高さを気にする風もなく、身を屈めて地上の生徒や教員たちを覗き込むと、

「なるほど。高い所に立っていたから、ぼくが飛び降りると勘違いしたのかな？」

ルカは地上からの注視など他人事のように、気楽に笑った。

「ぼくってば――愚かだね。紛らわしいことしちゃって。これじゃあ注目の的だ。

よし――下にいるヒト、安心してー。ぼくはこの通り元気だよー」

と、両手を広げると、その場で左右交互にさっさっと片足立ちをして見せた。

「っちょおっ⁉」

クオが驚きのあまり声をひっくり返す。

軽やかだが危なっかしいステップを前に、地上では『わあっ』と悲鳴があがった。落下に備えてか、騒然とする中、塔の真下にマルグリットとロイドが駆け寄ってきた。

二人がかりで大きな布地を広げ出している。

(わあぁ、あれじゃあ受け止められないです、先生まであぶないです……!)

「これでぼくが元気だってみんなにも伝わるかな?」

楽し気に片足立ちをして見せるルカへ、クオはわたわたと手を伸ばした。

「もっ、もう充分伝わっているのでっ、落ちちゃうのでっ、早くっ」

「このくらいじゃ落ちないよ。ほら、つま先立ち。ふふー、寝起きの割にバランス感覚いいでしょ」

「いいんですけど、良くないですっ、あんまり力をかけすぎると足場の煉瓦が、」

目を凝らして気付いたのだが、塔の足場の煉瓦はかなり老朽化が進んで罅(ひび)が入っていた。

これ以上負荷をかけると——

ガコッ、と乾いた音が足元から響いた。

案の定、ルカの気まぐれなステップに耐久限界を迎えた煉瓦がついに崩れる。

「! ルカっ」

目の前で、あ、と少し目を見開いたルカの顔が、揺れて、傾き、真下に落ちる。

クオは足場を蹴って落下するルカに向かって飛び込んだ。

下から甲高い少女たちの悲鳴が響き渡る。その間。

手を伸ばし、ルカの身体を引き寄せる。片腕で彼女の身体をがっちり拘束すると、真下に広げられた布――ではなく、塔の壁を蹴って傍らの大きな樹木に向かって飛び込んだ。

生い茂った枝や葉がばさばさと音をたてて絡みつく。

落下の衝撃を緩和させると、地上までの高さ七メートルあたりで木の太い枝に手をかけ、その地点をフックにぐるりと回転した。

ばさぁっ、と、クオたちの身体が枝葉を散らして樹木から飛び出す。

ふんわりと宙を舞うと、そのまま塔の真下に広げられていた布地に着地。クオはルカを抱えたまま、勢いを流す完璧な受け身でごろごろと地面を転がった。

「わあっ」「うそぉっ!?」「え、なに今の!?」

周囲から興奮した声が沸き立つ。

一同が騒然とするなかクオは慌てて身を起こし、抱きかかえていたルカを見た。

「ぶっ、へっ……、無事ですかっ？　平気でしたかルカっ？」

クオが真上から問いかける。するとルカは――

「ふ、」目を細め、頬を緩め、開いた口から笑いを零し始めた。

「ぷふっ、あはは、あはははははっ」

唖然とする周囲の様子もかまわず、ルカは子どものように無防備に、明るい声でひたすら笑っていた。

「あはははははっ！　びっくりしたあ！　何してるんだよきみ、ぼくを助けたのっ？」

「え、ええっ」

クオはわけがわからず目を瞠る。

地面を転がりお腹を抱えて笑っていたルカは、クオと向き合うように上半身を起こした。

乱れた薄墨色の長い髪の奥で、潤んだ目が黒い艶を放っている。

「ごめんごめん。びっくりして笑っちゃった。でもさ、」

ルカはあらためてクオを見つめながらこう言った。

「クオ、きみは愚かだね」

「…………へ？　……え？　おろ、か……？」

予想だにしない言葉を思わずおうむ返しするクオへ。

「ぼくを助けるなんて」

ルカは噛みしめるようにもう一度呟くと――にんまりとした笑みになる。

「おかげさまで、みんなの注目の的だよ」

「！」

言語にならない、変な声がクオから漏れた。

ルカと自分を、多くの生徒と教員らが取り囲んでいる。

「…………っ、きゅう……」

集中する視線の圧に、クオはついに石化してしまった。

第二章　初めての教室　と　救出劇

　クオはしおしおと白状した。

「任務失敗です…………」

『……』

　今にも消え入りそうな声に、通信機の向こうからの反応はない。

　しかし覚悟を決めたクオは、そのまま自分に起こったことを報告すべく口を開いた。

「……もうわたしが『普通の生徒』を継続することは厳しいかと……あ、いえ、継続以前に始まってもいませんでしたが」

『説明しろ』

　ようやく通信機から、アビゲイルが応じた。抑揚のない声から感情を窺うことは難しいが、とにかく呆れているような気配を感じる。

　クオは、任務開始の初日、学生としての第一歩目にあたる今朝の状況を報告した。

　登校はできたものの、時計塔の上に立って「探しもの」をしているという女子生徒の救出騒動に巻き込まれたことを。

「もうこの学園で、誰もわたしを『普通の生徒』とは思ってくれないと思います……！」

――騒動の直後。クオは厳つい中年教員ことロイド・フラーグラムにその場でどえらい説教を喰らってしまった。

勝手に時計塔に立ち入るな、あんな所で踊り出すな、落ちるな死ぬな二度とやるな――説教の矛先はルカのはずなのだが、なぜか彼女を救出したクオまでその場に並んで怒られていた。

クオは処刑台に晒された囚人の心地で、地べたに座り縮こまっていたが、すぐさまマルグリットが間に入ってくれた。私が担任としてきちんと見ていきます、と宣言し、

「さあ、エリトリットさんも一緒に来なさい。反省文を書いてもらいますよ」

「ええー、今のお説教で充分じゃないかな」

大騒ぎの原因――ルカ・エリトリットは、胡坐姿で不躾にロイドを指さしながら文句を垂れた。

「だめですよ。さあ、来なさい。――アシュフィールドさんは医務室に行きましょう」

「……はい……」

世を儚んで高い所から落下でもしそうな、憔悴した表情でクオは頷いた。

先生がルカを別室に連れて行く間ひとり医務室に残されると、クオはベッドに駆け込みカーテンを引いて布団に潜り、制服のポケットに忍ばせていた通信機を開き——

「——という騒ぎがございまして、人に、たくさん、見られる、られ、て、その……！」

と、上官のアビゲイルへ噛み噛みの任務失敗を報告し——今に至る。

『問題はない』

が、クオが余さず報告した内容を受けたアビゲイルは、あっさりしたものだった。

『お世辞にも普通の学生生活とは言い難いが、任務遂行に支障はないだろう』

「で、ですが、ボスっ、今朝の件でわたしが〈魔女狩り〉だと周りに気付かれたおそれが」

『お前を見て〈魔女狩り〉だと指摘した者がいたのか？』

「い、いえ、それは……」

なんというか、現場に居合わせた人々の意識は、何が起こったかよくわからなかったが、とにかく時計塔から落下した二人が助かったという事実にフォーカスされていた。

ルカがあのあと笑い転げていたせいで、深刻さが削げてしまったのだろうか。

「……わたしが〈魔女狩り〉であると学園の方に気付かれることが軍の処分基準なので、

周りは注視していました、が、そういった意見はなかった、です」

『では、引き続き任務を継続しろ。それと』

アビゲイルは切りかけた通信に付け足した。

『任務の内容を迂闊に口にするな。通信も以後は控えるように。都度の報告は不要だ』

「でっ、ですがボス――」

『「普通の生徒」は軍大佐をボスと呼ぶ必要はない。以後、私のことは名前で呼べ』

「なまえ？」

『アビゲイルでいい』

こちらの反応を待たず、通信は切れた。

「…………………」

幸か不幸か、過酷すぎる任務は続行の運びとなってしまった。


コンコン、と医務室の扉がノックされ、開かれる。

音に驚いたクオは「わわわ」と通信機をお手玉し、慌ててポケットに隠した。

「もしもし。入ってもいいかな」

「わ、は、はい！」

さっとカーテンが開かれ、ルカが姿を見せた。布団に包まり丸くなっているクオを見つけると、緩やかな薄い笑みでベッドの縁に腰掛ける。

「やあやあ、クオ。さっきは助けてくれてありがとう」

危うく転落死するところだったという自覚のない、気楽な口調だった。

「あ、……ルカさん」

「あれあれ、また『さん』付けだ。ルカでいいのに」

「ひぅ、すみません、なな慣れなくてその、」

「よそよそしいってー。さっきぼくを助けてくれたときは『ルカ』って呼んでたでしょ」

「あ、はい……る、ルカ」

反射的に呼び直すと最初より慣れてきた、ような気もする。

ルカも「よしよし」と満足気に頷き、

「マルグリットから聞いたんだけど、ぼくら同じクラスなんだって。ほらほら、布団に隠れてないで、一緒に教室に行こうよ」

「きょ、」クオはびくりと縮み上がった。

「教室に、ですか……？」

時計塔落下騒動で変な目立ち方をしてからまだ一時間も経過していない。

今教室に行けば、確実に生徒たちに注目されてしまうだろう――

「一時間目の授業は始まってるけど、途中からでも参加しなさいって――おやおや、どうしたのクオ。どんどん布団の中に潜り込んで。カメみたいだよ」

「へぅ……っ、すみません、教室は、緊張して……なんといいますか、そのあの、目を合わせたり、会話とか挨拶とか……人との接触は大変難しいことで、とても苦手で」

布団の中から不安でいっぱいの顔をそろりと出し、おずおず心境を吐露すると、

「ふうん」

ルカは小さく呟き、無造作にクオの顔を両手で包み込んだ。

「？」

顔を上げたクオの頬に指を添え、ルカはじいっと見つめてくる。距離が近い。

「クオ、最初見たときから思ってたんだけどさ」

「…………え、……う……!?」

クオはぎくっとした。さ、最初？　もしかして時計塔で何かしくじった――？

「きみ、ほっぺたがフカフカだね」

「……ほ……、ふ……？」

ほっぺた、が、…………フカフカ……？

思いがけない言葉にぽかんとするクオの頰を、ルカは指でふにふにとこね始めた。

「わー、やっぱりね。実際触ったら、想像以上だ。焼きたてパンよりもフカフカだよー」

「……フ、カ……？」

そんなこと、今まで言われたことがない。クオは緊張もとまどいも忘れ、自分の頰を指先で撫で回しては嬉しそうにするルカの、されるがままになっていた。

人に触られている。人の顔が間近にある。

今回の任務で最も恐れていた状況なのに、全身から力が抜けてしまった。

すると。不意にルカの顔が近付いた。

クオの耳元に寄り、鼻をすんと鳴らすと――

「ふうん……なるほど」

小さな呟きが耳を掠める。

「？　……？、？？」

クオはようやく瞬きをした。顔を正面に戻したルカが、薄い笑みで頷いて見せる。

「心配ない。きみはこれだけフカフカなんだから、ヒトとの接触も怖くないよ」

「………へ？　え……？」

医師の診断のように断言される、が、クオとしてはわけがわからない。

自分はフカフカなのか？　フカフカなら心配ないのか？　そもそもフカフカとは……？

あと、なぜ耳元の匂いを嗅がれたのだろう？

つのる疑問でがんじがらめになるクオに、立ち上がったルカが手を差し出してきた。

「じゃあ教室に行こうか」

まったくもって、理解はできないのだが。

気付けばクオは、自分を誘うルカの手を取って、布団から抜け出ていた。


「あ、時計塔の」

そろそろと授業中の教室に入るなり、さっそくクオは女子生徒の一人から指差された。

教室の女子たちが、一斉に沸き立つ。

「あー！　ほんとだ」「編入生だったの？」「え、だれ？」「ほら今朝の時計塔の」

「…………！」

予測通りの注視の圧に、クオは血の気の失せた青い顔で立ちすくんだ。

（ひえわああ、朝からすみませんでしたっ、もう見ないで、ゆゆ、許してくださいーっ）

一斉集中の視線が弾丸のように全身を貫く。まるで蜂の巣にでもなった心地でいると、

「やあやあ、クラスのヒトたち、おまたせ」

　クオの横で、ルカがへらっと笑いながら挨拶した。硬直したクオの肩に手を回し、引きずるように教室後列の机に向かうと、

「遅れたけど、授業には出るよ。反省文は宿題になったんだ」

　気ままに喋りながら座るルカを、クラスの女子たちはくすくすと微笑ましそうに、あるいはうっすら熱を帯びたポーッとした眼差しで見ている。

　ルカは人気者なのだろうか、ほとんどの女子の意識がクオから逸れていく。

（あ、もしかしてルカは、わたしへの注目を自分に逸らしてくれたんでしょうか……？）

　クオがうつむいていた顔をほっと上げると、近くの女子がルカへと声をかけてきた。

「ルカさんっ、さっきは大丈夫だったの？」

「もちろん。クオが助けてくれたからね」

「!?」

　クオへの注目をあらためて集めるように、ルカは掌で指し示す。

「このコ、名前はクオ・アシュフィールドっていうんだって」

　途端、教室中の女子たちの視線と声が、わっとクオへと押し寄せた。

「へーっ、クオちゃん？」「かわいー」「アシュフィールド……って『神器家名』じゃなくない？」「じゃあ、エリートじゃないのに、すごい軍人さんってこと？」「今朝なんかすご

かったよねえ」「えー、あたし見てなーい」

明るく華やかな盛り上がりに、クオは息を詰まらせた。

（ひえぅわあのその……っ、ど、どうしようどうしよう……！　何をどう答えればっ、）

ぐるぐると駆け回る思考。きゅっと閉じる喉。さっきまで青かった顔面が、女子からの注目を浴びて一気に真っ赤になってゆく。

そんなクオの様子を、ルカが暢気に笑いながら眺めていた。

「ぷはは、クオったらすっかり照れちゃって」

クオは慌てて首をぶんぶんと横に振った。

（て、照れてないんです……、ボス、タスケテ……ああでも通信はできないどうしよう）

乱れる心境は声にはならず、周りにも伝わらない。

えへん、と教壇では老年の教員が咳払いをひとつ、ぼそぼそと王国史授業を再開する。

「えー……では、授業を再開しますからね、六百年前、第二十八代聡明帝時代の――」

だが女子たちにとっては、そんな昔話より今朝の騒動だ。

ワイワイと華やかに賑やぐ教室の渦中には、全身を赤くしたクオがいた。

――敵前逃亡。任務放棄。

戦場でありえなかった選択肢が、今はクオの脳内を埋め尽くしている。

（もう、もう、わたしには限界です……！）

編入初日の「学校生活」は戦場を超える怒濤だった。

ただでさえ大人数が犇めく教室という環境そのものが緊張するのに。

誰かと目が合うだけで「ひえ」と息を呑み、質問には首を縦か横に振るのが限界。

相手の攻撃を躱し、弱点を瞬時に突いて討伐する——魔女戦争で培ってきた技能など

何一つ役に立つものはなかった。……自分は無力だ。

正午の昼食休憩を迎えるころには、クオの対人耐久度は限りなくゼロになっていた。

（こ、こんな、これほど過酷な戦場、今までになかったです……！）

戦場ですら感じたことのない限界と絶望。自分史上最大のピンチを覚えたクオは——

昼休み中、本館校舎裏の茂みで身を潜めることにしたのだった。

（ちょ、ちょっとだけ、休憩を……このままだと、心臓が止まるかもしれないです

……！）

休憩時間が長い昼休みは、校舎や校庭に溢れる生徒たちの気配も活発だ。なんという英気だろう。軍に所属しているはずの自分が、こんなにヘロヘロなのに……。

とにかく人のいない空間で、気力と体力を回復させるのが先決だ。

じっと茂みの中で丸くなること数分……周囲には誰もいない。

クオは、そっとポケットに手を伸ばした。

取り出したのは、ハーモニカだった。

使い込まれた鈍い銀色の、掌サイズの吹奏楽器。数少ないクオの私物だ。

戦時中は単騎遊軍としての移動や待機の折、ひとりの時間をともに過ごしてきた。

クオは茂みでうずくまった体勢のまま、そっと楽器を吹いた。フィー、と弱々しくも素朴でやわらかい音が零れ出る。

その音にほっとすると、さっそく童謡の一節を演奏する。

〈♪～　ゆうやけトロンと日がくれてー、みーんなそろそろ帰ろかなー〉

〈わ～い、上手上手～！　すてきな音色だね～いやされるね～〉

のどかなメロディと、脳内でのおこげちゃんの賞賛が、疲弊した心に沁みてきた。

〈一日も、やっと半分……ああ、夕焼けの時間が恋しいです……〉

〈だいじょーぶ！　任務初日終了まであと半分だよ～、ファイト～ファイト～〉

「いたいた。なにしてるの、クオ」

「ファひわあああああああああああーっ!?」

びゃー、とハーモニカから音が弾け飛ぶ。裏声混じりの悲鳴とともに茂みから転がり出ると、ルカがそこに立っていた。

「探したじゃないか」

「あわ、ル、ルカ……」

愕然と、クオは呟く。

今朝登校時のマルグリットといい、不意打ちを喰らい過ぎていた。戦場だったらとっくに死んでいる。相手に敵意や殺意がないと、こちらの感覚が鈍るのだろうか。

いずれにせよ、心臓に悪い。

「びっくりしたよ。授業終わった途端、いきなり姿が消えるんだから」

「あ、いえあの、……すみません」

「ちょっと話してみたいことがあったんだけど……まあいいや、一緒に遊ぼうよ」

「ひぐぅっ」

クオは小さく呻いた。一緒に——それが恐ろしくて、潜伏を決め込んでいたのに。

手足を土まみれにしてうずくまるクオの有様を、ルカは特に気にすることもなく、

「ぼく探しものしてるって言ったでしょ。今朝時計塔から見た別館、あそこを探ってみたいんだよね。一緒に行こうよ」

「でっ、ですがあの、別館は立ち入り禁止なので」

「だって校内はあらかた探したし、あの別館で見つかるかもしれないでしょ？」

躊躇なく時計塔に登ったことといい、どうやらルカは規則など意にも介さず思うまま行動する向きがあるようだ。

クオは気まずそうに、俯いた。

「ですけど、すみません、わたし、探しものを見つけるのは苦手で……」

正確には「やったことがない」のだが、成果がない以上、探すのは気が引けた。申し訳なさそうに地面で丸くなっているクオを、ルカは小首を傾げて眺めやる。

「おおげさだなあ。別にきみに絶対見つけてほしくて頼んでいるわけじゃないんだよ」

「あのでも……もっと探しものが得意な方と、一緒に探したほうがいいと、思います」

ルカはクラスでも好意的にみられている印象があった。一声かければ、みなが手を貸してくれそうだし。

だが、ルカは小さく肩をすくめる。

「みんなお昼休みはともだちとご飯食べたり喋ったり遊んだり、忙しいんだよ。きみはひとり茂みの中でなんか音鳴らしてるから、ぼくに付き合ってくれそうじゃない」

「…………うぐ、う……それは……」

弱々しく呻くクオの手を、ルカは下から掬い上げるように取って立ち上がらせた。

「まあまあ、気楽にかまえてよ、クオ。一緒に歩き回ってくれるだけでいいからさ」

「ですが、あの……わたし、何もできないのに……」

「べつに一緒にいてくれればいいんだよ。ともだちってそういうものだし」

「ともだち？」

「そうそう」顔をあげたクオに、ルカは笑いかける。

「ぼくら、ともだちになろうよ。一緒に遊んだり、探しものしたり——なーんて」

「…………」

クオはただルカを見つめた。

耳にしたのは、聞いたこともない言葉だった。

〝ともだちになろう〟

強く、熱く、確かな胸の高鳴り。今までに覚えのない、不思議な高揚。

その短い言葉が身体(からだ)に沁み通っていく。

——ともだちに——

見開いた目がようやく瞬(まばた)きをしようとしたところに。

パァン、と、突然乾いた音が空気を震わせた。

クオは鋭く反応して音の鳴った方を見る。今度は二発。校舎本館から。

ルカも訝(いぶか)し気に音の方に顔をもたげる。

「……ん？　なんだろ」

「っ、ここにいてくださいっ」

クオは駆け出した。動きが尖鋭(せんえい)化したのには理由がある。

——あの音は、銃声だった。

校舎裏を飛び出すと、校庭にいた生徒たちがみな驚いた顔で校舎を見上げている。

本館三階の教室から、銃器を持った黒目出し帽の男が窓から身を乗り出していた。

『全員ひれ伏せ！　今からこの学園は我々武装集団〈ティアマト〉が占拠する！』

男は拡声器でがなりたてると、上空に向かってサブマシンガンを連射した。

校内に生徒たちの悲鳴が響き渡った。騒然と慄然が入り乱れる。

『我々の要求は、この学園に貯蔵されている王国軍の武器と大量破壊兵器だ！』

片手に銃、もう片手に拡声器を持ち、男は窓の縁に片足を乗せて吼(ほ)えた。

『抵抗・拒絶すれば人質の生徒の命はないと思え！』

横の窓が開き、同じく目出し帽のテロリストたちが姿を見せた。拳銃を突きつけ無理矢理窓に引きずり出したのは、恐怖に顔を引き攣らせた制服姿の少女たちだった。

「うそ……！」

校庭にいた生徒たちから悲鳴が上がる。

続いて本館校舎のあちこちから叫び声とともに、生徒や教員たちが外に飛び出してきた。

人質にされた生徒たち以外がテロリストに武器で威嚇され、本館から追い出されたのだ。

学園が恐慌に包まれていく。

「何をしとるお前らッ！　卑怯だぞ！　無抵抗の生徒を人質に取るなど言語道断ッ！」

校庭から校舎に向かって怒鳴りつけたのは、中年教員ロイドだった。

「王国軍の武器だとう？　あるわけないだろうが、そんなもの！」

『フン、調べはついてるんだよ。戦時中の軍拠点だったころから、学園内には王国軍仕様の最新兵器が貯蔵されてるってな。それを全部〈ティアマト〉に寄越せ！』

「バカモン！　王国軍はとっくに撤退済みだ！　兵器などない！　今すぐ人質を解放せんかッ！」

『チッ――テメエじゃ話になんねえよ雑魚が！』

高圧的な口調のロイドに向かって、男がサブマシンガンを発砲した。

「つぎゃあああああっ⁉」

激しい銃声とともに足元の砂が弾け散り、ロイドはその場に尻餅をつく。

あちこちから上がる悲鳴の中、目出し帽の男は勝ち誇ったように哄笑した。

『クッハハハハ！　我ら〈ティアマト〉は本気だ！　さっさと軍人呼んで最新武器を用意させろ！　妙なマネすれば人質どもは我々の射撃訓練の的になるだけだからなあ！』

窓際に並んで立たされていた生徒たちが、乱暴に奥へと押しやられる。悲痛な叫び声を男の拡声器が拾い、校庭にも響き渡った。

『きゃあ』『たすけて』『だれかぁ……！』

それを耳にし、誰もが凍り付く。

クオも突然の事態に驚くしかなかった。

戦後の混乱の中、王国各地ではならず者が徒党を組んで大規模な犯罪集団を形成するようになっていた。治安平定のため王国軍が出向く深刻な事態も頻発している。

だがまさか、こんな辺境の学園を、武器を持ったテロリストが占拠するなんて──

任務初日で心身の許容がすでに限界だったクオは茫然としてしまう。

(こ、こまります、こまります、任務初日にこんな……あ、いやテロリストなんて初日でも十日後でもこまります、けど……！　どうしようどうしよう、人質が──)

「助けに行こう」

「へぁう⁉」

間近からの声に、クオは跳ねた。いつの間にかルカが真横に立っている。テロリストが怒鳴り散らす校舎の窓を見たまま、

「あいつら、何もできない生徒のコたち相手に、武器を突きつけるなんてね」

呟いたルカの声には、これまでと違うものが含まれていた。

嫌悪だ。テロリストに対する強い感情がその口調にはっきりと滲み出ている。

クオはその横顔を見つめ——すぐ我に返る。

「て、ルカが助けに行くんですか⁉」

「うん。そりゃもちろん」

「えっ、あれあの……ルカっ？」

すたすたと校舎に向かって歩き出すルカを、慌てて追いかける。

教員や生徒たちはあらかた逃げ切っており、校舎内まですんなり——とはいかなかった。

拳銃を手にした巨漢が、本館出入口で門番のように仁王立ちしていたのだ。

「なんだお前……？　……て、おいガキ止まれ！　止まらねぇと……！」

かまわず歩進するルカに巨漢は一瞬たじろぐも、銃口を向けてきた。

そこへクオが急速で疾った。ルカの横を駆け抜け、瞬時に巨漢へと迫近し、銃口を横に弾いて懐に潜り込み、下から突き上げる掌底を顎に見舞わせる。

「――がッ」

巨漢は仰け反り、背中から倒れて失神した。

クオはほっと息を吐く。野太い罵声に硬直しかけたものの、ルカが撃たれそうになるや咄嗟に身体が反応していた。

(こ、こわかった……ですけど……)

相手の佇まいや一瞬の挙動から次の動きは充分に演算できた。

これなら相手に睨まれ、すくんでしまう前に手を打てそうだ。

「さすがだね、クオ」

背後からルカが感心した声をかけてきた。一瞬で巨漢を倒したクオに驚いた様子もなく、

「これなら人質を助けられるよ。さあ行こう」

「いやあの、待ってくださいルカ! あぶないですっ。相手は武器を持っていて、」

「クオがいてくれるから大丈夫。それに今は人質の方がよっぽど危険だよ」

「確かにそうですが――」

そこへ、大の字で倒れている巨漢の腰にある通信機がザッと反応した。どうやらテロリスト同士の交信が共有されているらしい。

『人質の生徒どもは二階の教室に移せ。念のためお前らも見張りに付いておけ』

『了解。フン、現場は雑魚教員だけだ。本当に軍事兵器なんてあるのかよ？』

『それは間違いない。奴の情報は本物だった。しかし……そうだな、俺たちの本気を示す必要はありそうだ。十分後に人質の一人を殺すぞ。さすがに軍人どもも動くだろう』

『了解。へっ、楽しむヒマもねぇってか』

——通信が切れた。

通信機を凝視していたクオは、ルカと顔を見合わせる。

「……十分後か」差し迫った事態に、ルカの顔からも笑みは消えている。

「人質は、さっき校庭でロイドを撃ったヒトとは別の場所にいるみたいだね」

通信機で指示を与えていたのは、拡声器で吼えていたリーダー格の男だろう。

人質は移動させられ、別室に。テロリストの仲間が見張りについている……。

「クオ。きみならどうする？」

「えと、人質が二階にいることは判明していますから、そこへ向かいます。不意打ちで注意をこちらに引き付けてから、見張りを一気に倒します」

クオは即答した。

最優先すべきは人質の救出だ。テロリスト全員を相手にする必要はない。

「よし、それでいこう」

ルカは満足そうに頷くと、本館校舎へと進んでいった。

その後ろ姿を、しばしクオは見送り――

「え。……えっ？　ルカ、あのその、『それでいく』とは？」

ルカはどんどん先を行くので、慌てて後を追うしかない。


その後、廊下にいた見張りに遭遇し、瞬速で倒した。

二階の廊下を覗き込むと、教室の前に銃を構える男がいたので、背後から締め上げ抵抗も許さず沈黙させた。

――という流れで、気付けば救出作戦の主要はクオが担っていた。

銃器を素早く分解し、腰にぶら下げていた発煙手榴弾を回収していると、教室の扉に耳をそばだてていたルカがそっとささやいた。

「人質のコたち……いるね、ここみたいだ」

「わか、わかりました……」

クオはこくりと頷く。もうここまで来たら肚を括るしかない。教室の扉の前に、立つ。

「ルカ、危ないので下がっていてください」

「人質はどうするの？」

行動は強引だが、ルカは常に人質を気にしていた。クオは手にした手榴弾を見せ、

「これで視界を塞ぎます。これなら、敵の制圧と人質を逃がすのを同時にできる、かと」

「じゃあ人質を逃がすのはぼくにまかせて」

「えっ、いえあの、危ないですから……！　ルカは教室の外にいてください」

「そう言わずに、手伝うよ。それに時間がない」

十分後に人質の一人を殺すと言っていた。確かにここで押し問答している場合ではない。

「──下がってください」

クオはドアノブに手をかけると、一度呼吸した。

中に人がいる。人質と、テロリスト。人と目が合うと身がすくむ。見られているだけで全身が強張る──自分がそうなるとわかっていても、行くしかない。人質を助けないと。

意を決して、クオは扉を開けた。

音に反応して一斉にこちらを見るテロリストたち。

その視線にびくりとしながらも、クオの手元は冷静に動く。

発煙手榴弾を、サイコロを転がすように教室に投げ入れ──……

◇

制圧は一瞬で完了した。

人質は無事逃げられた。

テロリストが沈黙する教室内で、二人は向かい合っている。

茫然とするクオに、ルカはそっと笑いかけてきた。

人質を守るため凶弾に心臓を撃ち貫かれていたなんて、まるで嘘だったかのように。

「クオ、きみは〈魔女狩り〉のヒトなんでしょ。戦争で魔女を殺すための部隊にいた軍人さん」

「……る、ルカ、何を、言って──」

「でも今はわけあって、素性を隠してこの学園にいなければならない。誰かに正体がばれたりしたら、軍に処分される──でしょう？」

「……えっ」

クオは目を丸くする。

どうしてルカが自分の『特殊任務』のことを──？

「なんっ、なんで……っ？　あ、いえ、ちっ、違いますよっ」

「嘘がヘタだなあ、きみは」

クオの拙い取り繕いに、ルカは人差し指越しの唇に笑みを刻んで見せる。

「ねえクオ。ヒトってさ、魔女が嫌いでしょ」

「え、と……それは……」

「けどね、ぼくはヒトのこと嫌いじゃないんだ」

「で、ですがあの、わたしは〈魔女狩り〉で、魔女は――」

〝――必ず討ち斃す〟

その身体に、意識に、刻み込まれているはずの使命が――出てこない。

自分と同じ制服姿の、魔女であると正体を明かした、ともだちの――ルカを前に。

とまどうクオへ、ルカはさらに畳みかけてきた。

「だからさ、内緒にしてほしいんだ。

きみの秘密は必ず守る。だからぼくが魔女だってことも秘密にしてくれないかな」

「……！」

クオは言葉もなく、人類最大の天敵・魔女を、凝然と見つめる。

ルカは漆黒の目でクオを見つめ返しながら、微笑みかけるのだった。

「ぼくたち、ともだちだろう?」

直後。校舎内のどこかの部屋で閃光と轟音が炸裂し、騒動は一気に収束する。
駆け付けた王国軍部隊がテロリストを鎮圧したのだ。
巻き込まれた学園の者に犠牲者のない、奇跡のような大事件だった。
しかしその人質の救出劇に〈魔女狩り〉と魔女の存在があったことは、誰も知らない。

第三章　遠い昔の話　と　共犯関係

学園を占拠したテロリスト〈ティアマト〉は、王国軍によって鎮圧された。

生徒たちを人質にとったテロリストが王国軍の武器を要求して一時間も経っていない。

軍の制圧はまさに迅速で鮮やかな手際だった。

（そういえば、マクミラン・アロンダイト少将殿がこの学園理事だと言っていました）

クオは窓越しに校庭の軍服姿を眺めながら、ふと思い出す。

学園は軍関係者主体による現場の検分やテロリストの捕縛、人質の救助と介抱、生徒の安全確認や教員への事情聴取——諸々の後始末で未だ騒然としている。

そんな中、人質の救出直後の教室に居残っていたクオは王国軍兵士に発見され、事情聴取のために校舎の一室で待機をさせられていた。

同じく現場に残っていたルカとともに。

「——ヒトが母体魔女を殺して魔女も滅ぼして、戦争は終わったでしょ？　だからぼく、ヒトの社会に溶け込もうと思っているんだ」

銃撃を受けたその制服の胸元は、兵士に見つかるよりも先に魔力で修復済みだ。

——手慣れていた。周りに自分の正体を一切気取られぬよう行動することに。

そうしてルカは一昔前を思い出すような暢気な口調で。

待機中の時間潰しとばかりに語り始めたのだ。

魔女である自分がヒトに紛れて生きている、今日までのいきさつを。

「ぼく、こう見えて結構長生きでね、最初の頃は仲間の魔女と一緒にヒトと戦り合ってたんだ。ヒトでいう七賢国時代が一番派手だったかな」

大陸暦で換算すれば今からおよそ九百年前の時代だ。クオは息を吞む。

魔女の寿命は個別魔力によるが平均三百年。長く生きた者でも五百年と聞く。ルカは優にその倍近くを生きてきたということになる。

「北の王国に、西の連邦、東の共和国に、南の列島諸国……あちこちで色んな戦争してきたなあ」

「……『従属魔女』は、産み落とされたその土地を離れない、と聞いています、けど」

魔女の生態はアリやハチと似通っている。種族において唯一の繁殖体である母体魔女から生み出される多数の従属魔女は、いわゆる「働き手」だ。産み落とされた土地を〝母〟の縄張りとして繁栄させ〝母〟の営みを支える。

やがて母体魔女は一生に一度、次代の母体となる後継者を産んで魔女の世代を繋ぐのだ。

「まあ普通はね」

ルカは軽く肩をすくめると、

「でもぼくは魔女の中では落ちこぼれでさ。まず見た目がこんなんでしょ」

「えっ、あ、……ルカは魔力で人間に近い姿に変わったんじゃないんですか？」

クオは意外そうにルカの全身をしげしげと見てしまった。

魔女とは、白磁のような肌と黒髪黒目の外観を共有する女性体だ。

その種族の個体差を著しく表すのは、体長とされている。

簡単に言えば、巨大な魔女ほど強い。

魔力と体長が正比例の関係にあるからだ。従属魔女の大多数を占める下級魔女は人間の大人ほどの大きさで、軍大隊で相手をするのがやっとの上級魔女にもなると、二メートル超の身長になる。

それに対しルカは――

人間の少女と変わらぬ痩せ型に、黒も朧な薄墨色の髪。魔女の要素を見出す方が難しい。

もはや魔女との共通点は艶めく黒の双眸くらいだが、黒目は人間にもある色素だ。

「変えてないよ。生まれたときからこんなん。ぜーんぜん魔女っぽくないでしょ？　しかもぼくの魔力ってね、産んだ当時の母体魔女も、それ以降の〝母〟でも、扱いに困る代物だったんだよ」

魔女の魔力。それは人智を超えたあらゆる奇跡を実現する、神に等しき力だ。

力の源は、その身を流れる黒い血——〝万能の黒血〟。驚異的な治癒再生能力をはじめ飛行、霧散、変身などの共通能力とは別に、個体が独自に持つ魔力がある。

炎や氷を生み操る者、毒や幻覚を作り出す者など、魔女によって多種多様だ。

ルカの独自魔力は、同族の魔女にとってすら厄介な力だった——?

「その、ルカの魔力というのは、どういう……」

「ないしょ」ルカはおどけて人差し指を口元に立てた。

「少なくとも、世のためヒトのためって力じゃないよ」

軽い口調で片付けようとするその笑みに、クオは底知れないものを感じていた。

大きさだけなら下級魔女よりも小さく、つまり最弱であるはずなのだが……。

「最初はぼくの力を面白がって戦争中に利用しようとした魔女もいたけど、どうにも他の魔女との兼ね合いが悪すぎてね。

気付けば、どの世代の母体魔女からも、どこの従属魔女からも弾かれちゃってさ」

五百年を過ぎたころには魔女たちの間で、ルカの存在は知れ渡っていた。

歴代の母体魔女すら持て余す、厄介な力を持つ魔女が生きさらばえている——と。

「で、戦争にも参加しなくなって、あちこちうろうろ……渡世の身ってやつだね」

魔女ともヒトとも関わりが減ると魔力消費は極端に減り、寿命だけが延びた。

「気付けばひとりでいた時間の方がはるかに多かったなあ」

「で、では、空腹に耐え切れずその辺の野草で飢えをしのいだりとか、」

「いやいや、そんな極限状態にはならなかったけど。……なんで草なの？」

「へぁ、な、なんでもないです……」

『ひとり』という単語で蘇りかけた自分の軍での過去話を、クオは慌てて引っ込めた。

ルカはおどけた口調で昔語りを進める。

「魔女とヒトの戦争では完全に外野になったから、全体の推移は冷静に見てたよ。終戦の決め手になったのは、やっぱりヒトが作り出した〈雷浄〉だよね。大昔の火薬や銃にもびっくりしたけど、〈雷浄〉は革新的だ。殺された魔女の数も桁違いになったし」

〈雷浄〉。それはおよそ百年前に、人類科学の粋を結集して発明された対魔女戦力だ。

魔力の源たる〝万能の黒血〟を瞬時に灼き散らし、その心臓を一瞬にして撃ち貫ける、人類の叡智の結晶たる蒼白の雷。

それは大気中にある発雷粒子に干渉することで発生する電気エネルギー——いわば人工

の雷だ。作用は電気と同等だが、魔女の血に対して著しい焼灼力を有する。

魔女を斃すために刃を磨き、火薬を発明し、あらゆる学問や文明を発展させてきた人類史において、〈雷浄〉は劇的な変化と革新をもたらしたのだった。

「しかも、リーゼンワルド王国では〈魔女狩り〉なんて組織が出来て、すごい勢いで魔女を殺していったでしょ？　これで戦争は終わる、ヒトが勝つなあって、確信したよ」

「それでルカは……人間社会に、溶け込むことにしたんですか」

「そういうこと。戦後の混乱のどさくさで、この学園がぼくみたいな素性不明者でも戦争孤児として受け入れてくれて、今に至るんだ。けど学生になって、ヒトらしい身元を手に入れようと思ってた矢先に――きみが現れた」

おとぎ話の急転を表すように、ルカは不意に口調を変えてきた。

「軍属とか戦場にいたとか……物騒なコラしいから、警戒したわけだ」

――『ぼくを捕まえて処刑しに来たの？』

「あ……それで」

時計塔での問いは探りを入れるようなものだった。違和感の理由にクオは納得する。

「あのとき塔から落ちたぼくのこと助けてくれたでしょ？　なーんだ安心と思ったのに、きみの正体が〈魔女狩り〉だって聞いちゃってさ。もうびっくりしたよ」

「え⁉　だ、誰からそんなことっ、いつ、聞いたんですかっ⁉」ぎょっとするクオへ、

「きみ」今までで一番軽い口調で、ルカは即答する。

「わ……わたし…………っ⁉」

「時計塔から落ちた後、きみが医務室にいたときに。通信機を使って軍のおえらいさんと話してたのが聞こえたんだ」

「――！」

クオは息をひきつらせた。アビゲイルに「任務失敗」と報告した時のことだ。

ルカは得意げにちょんちょん、と自分の耳を指し示すと、

「『わたしが〈魔女狩り〉であると学園の方に気付かれることが軍の処分基準なので、周りは注視していました』――だっけ？　ぼくね、けっこう耳はいい方なんだよ」

「え……っ、そこまで、聞こえて……っ」

切羽詰まっていたとはいえ、布団に潜り込み、声も潜めていたはずなのに……。

そうだ、ルカは時計塔の上にいたときもクオが元・軍属の編入生だという地上でのやりとりを正確に聞き取っていた。「耳はいい」どころか、とんでもない地獄耳だ。

「あと、匂いもあったからね」

「におい？」

「そう。〈魔女狩り〉って、魔女の血を体内に宿す、特異体質化したヒトの集まりでしょ」

「！」クオは目を見開いた。「どっ、どうして、そのことを、」

「知ってるんだなあ、ぼくは。ちょっと縁があってね」

ルカは思わせぶりな笑みを見せ、それ以上は言わない。

彼女があっさりと口にしたのは、リーゼンワルド王国軍事最高機密だった。

王国軍特殊部隊──〈魔女狩り〉。

対魔女戦に特化した、少女たちによる精鋭部隊。

しかしその実態は、軍が特殊精製した魔女の血に適合し、後天的に魔力を獲得した存在だ。その魔力は〈雷浄(ルーメン)〉を生み出し、自在に操ることを可能にする。まるで魔女のように。

つまり〈魔女狩り〉とは──

魔女戦争で王国軍が手をつけた禁忌の結晶。

人類の希望でありながら天敵・魔女の要素を宿す、後ろ暗い特異集団なのだ。

王国軍幹部で、〈魔女狩り〉の隊員を兵器とみなす者が少なくない理由でもある。

「きみらは自覚ないだろうけど、〈魔女狩り〉のコって体臭に魔女の血が微(かす)かに香るんだ。身分や見た目をごまかしても、魔女(ぼく)の鼻はごまかせないよ」

「あ………」

クオは呻く。医務室でルカがおもむろに、耳元の匂いを嗅いできたことを思い出す。

あれは、自分の正体を確かめるためだったのか。

「それで医務室ではきみの匂いと、ほっぺたのフカフカを確認させてもらったってわけ」

「……あれ、あの……ほっぺたに触ったのは〈魔女狩り〉と関係あったんですか……？」

「んーん。あれはただ、ぼくがフカフカしたかっただけだよ」

ルカはなぜか満足そうに笑いながら答えた。

洞察力に優れた隙のない行動——と思ったら、脱力を誘う発言を織り交ぜてくる。

それにしても、〈魔女狩り〉であるクオを相手にしながら飄々とした言動を貫き、動揺すら微塵も見せなかったルカの冷静さにつくづく驚かされる。

（ルカが撃たれるまで、わたしは全然、ルカの正体に気付けませんでした……）

おまけに、ルカから〈魔女狩り〉と指摘されただけで「違いますよっ」と大慌てだった。

自分の情けなさが浮き彫りになるばかりだ。

「でね、きみが〈魔女狩り〉と確信して、あらためて昼休みに探りを入れようとしたら、きみは魔女そっちのけで、校舎裏の茂みでひとりぷーぷー面白い音鳴らしてたでしょ。なーんかこのコ違うなあって」

「〜〜〜〜〜っ」

恥ずかしさがぶり返してきた。

〈魔女狩り〉に注意深く接触しようとしていたルカに対し――クオは人見知り耐久度が臨界突破して茂みに逃げ込んでいたのだ。

しかもとんでもなく間抜けな姿だったし。

真っ赤な顔から湯気が出そうになっているクオに、ルカは軽やかに語りかける。

「通信の会話によると、きみは〈魔女狩り〉で、軍の任務でこの学園に通っていて、素性が誰かにばれたら処分されてしまう――

任務の詳細はさておき〈魔女狩り〉という『正体』は、きみの弱みってことでしょ？」

あっさりと口にする推論はまぎれもない事実で、核心でもある。

（察しが良すぎます……！）

「ちなみに、医務室での通信会話は録音もしてるんだー」

ルカは掌(てのひら)サイズの電子機器を、ひょいと自分の顔の横に掲げて見せた。

〈雷浄(ルーメン)〉の発明により、近年の電気系統の機器開発と発展は目覚ましいものがある。その手にあるのは、小型の録音機。お金を出せば誰でも入手できる簡易機器だ。

「…………！」

クオの息が凍り付く。物証までも。

赤から青へ、サーッと自分の顔面の色が変わる音が聞こえてきそうだった。

「証拠もあることだし、ぼくが誰かに『クオの正体は〈魔女狩り〉だよ』って言ったら、きみの任務は即終了っていうわけだ」

「そ……それは……そのあの……その通りですが……こまります……っ」

「それなら取引しよう、クオ」

すい、とルカは顔を寄せ、密やかな声でささやく。

「ぼくは平穏にヒトに紛れたいだけ。きみを破滅に追い込む趣味はないよ。だから、きみの任務とぼくの正体――お互いの秘密を守り合うことにしない？」

「…………」

やわらかい笑みを見せるルカを、クオは瞬きを忘れた目でじいっと見つめる。

ここでルカの取引に応じて秘密を守れば、自分は任務を続行することができる。

だが自分は〈魔女狩り〉だ。魔女を討伐することで存在し得る特異な存在。

〝魔女は必ず討ち斃す〟

それは使命であり、鉄則であり、存在理由だ。それなのに。

その言葉が今、ルカを前に揺らいでいた。

どうしてだろう――それは――

ルカが口にしてきた言葉があるからだ。

『ぼく、ヒトの社会に溶け込もうと思っているんだ』

人質を救出し、魔女という正体を晒した直後の言葉も蘇る。

『ぼくはヒトのこと嫌いじゃないんだ』

そう語った目に、嘘偽りは見出せなかった。

ルカは常に己の思うままを口にして行動している。

『助けに行こう』

テロリストを前に狼狽していた自分の横で、ルカはそう言ったのだ。あの場で、誰よりも先に人質となってしまった生徒たちのために動き出して、

『人質はみんな逃げたよね？　よかった』

人質の子たちの無事に、ただ安堵していた。

ルカは魔女だ。

そして、それと同じくらいの確かさで、誰かのために行動できる存在だ。

それはつまり、人と共に生きることができる魔女ということではないだろうか。

ひとつ確かなのは、目の前のルカが今まで自分が斃してきた魔女たちとは〝違う〟ということだ。

ルカは、〝必ず討ち斃すべき魔女〟では、ない。

クオは意を決した。すうと大きく息を吸って、答える。

「わかりました」

硬い表情で、ルカを見据える。そこには自分に対する覚悟があった。

もしもこの先、ルカが〝討つべき魔女〟となった時には必ず斃さなければ。

だけど今は——

「ルカの秘密を、守ります。わたしのことも、秘密で、お願いします」

自分の使命に背く、重大な決断を下したことは理解している。

だが、クオは迷わなかった。

「——うん」

ルカは目を細めて笑った。そしてふっとクオの耳元に顔を寄せる。

「これでぼくら、共犯だね」

ささやかれたクオは、ぎくっ、と身を縮めた。

罪悪感をもたらすはずのその言葉が、目の前のルカの笑みと混じり合う。

しばらくすると、軍服の男が姿を見せた。

「クオ・アシュフィールド、こちらへ来てもらおう」

「あ、はい……」

立ち上がりしな、ちらっとルカを見ると、ひらひらと手を振り返された。

——お互い上手くやろう、とその目は語る。

秘密を共有すると決めると、さっそく二人は人質救出時の動向の口裏を合わせていた。

クオは人質を連れたテロリストが偶然教室に入るのを見て救出に動いた、ということに。

一方ルカは、逃げ遅れて校舎内をさまよっていたところ、制圧されたテロリストたちのいる教室でひとり腰を抜かしていたクオを偶然発見した、ということにした。

ルカなら兵士らの聴取も上手くこなせるはずだ。落ち着き過ぎてはいるが、下手なぼろを出す真似はしないだろう。

問題はクオだ。正確には、クオの聴取をする軍人。

クオからは、人質救出のために行動したと報告する。白煙で人質に姿は見られていないし、〈魔女狩り〉の力も使っていない。

正直に話しても、任務の禁止事項には抵触していない、はず。

（どうか………）

クオは祈った。

（現場指揮官殿が、わたしの話を聞いてくれる人でありますように……！）

「終わりだな、〈魔女狩りの魔女〉。今日をもって貴様は処分扱いとなる」

だめだった。

開口一番、クオは処分宣告されてしまった。

（ひえ）

軍人が犇めく学園理事室に通されるなり、敬礼も挨拶もする暇なく。

クオの正面で睨み立ち宣告したのは、ハーシェル・ドラウプニル大佐だった。

先の幹部会議では、いの一番にクオの特務に異議を唱えた〈魔女狩り〉処分推進派だ。

今は学園を襲ったテロリスト制圧の現場指揮官として、この場を取り仕切っている。

ハーシェルは鼻の下のひげをぬうと持ち上げ、攻撃的な笑みを見せた。

「正直驚いたぞ。特務早々テロリストの襲来に遭遇したとはいえ、自ら接敵し嬉々として戦闘に及ぶとは。兵器としての本領発揮――いや、本性露呈もいいところだな」

（……あ、や、いえあの、違うんです……）

そう返したかったのだが、あれこれ考え口元だけをもごもごする。

（力は使いませんでした、正体もばれていないです……て、いきなりわたしが大佐殿相手に発言してもいいんでしたっけ……？　敬礼も挨拶もまだ済んでないのに……）

妙なところで礼節にこだわってしまう。

クオが反論不能の状態になっていると捉え、さらにハーシェルは続けた。

「任務初日にこのざまだ。兵器の本性も碌に抑えられず、何が『普通の生徒』か……フッ、まあ早々に結論が出たことだし、テロリスト襲撃はむしろ喜ばしい奇禍と言うべきか」

忌々し気にクオを睨む目が迫力を増す。彼はそのまま既成事実を利用して、処分という結論を確定させる腹積もりだ。とそこへ、

「お待ちを、ドラウプニル大佐。その結論は尚早が過ぎますよ」

ハーシェルの背後から老年の男がすっと進み出た。

灰色のオールバックに若草色の理知的な眼差し。軍服姿だが、穏やかな物腰は教職者と称したほうが似合う雰囲気を漂わせている。

マクミラン・アロンダイト少将。

クオを学園に通わせるという特殊任務を提案した張本人だ。

軍幹部としてこの場では最上位にあり、この学園の理事でもある。自然、その発言には注目が及ぶ。

ハーシェルが閉口すると、マクミランは無言で佇むクオを掌で丁寧に示しながら、

「聴取によると、救出された生徒たちは突然の白煙の中、誰かの一声で教室から逃げ出した——それ以外の周囲の状況は、誰も把握出来ていなかったそうですね。

つまり彼女は〈魔女狩り〉の力は使わず、生徒たちにも気付かれず、テロリスト五名を戦闘不能にし人質を救出している。むしろ称えられるべき勇敢な行動ではありませんか」

「なにを暢気な！　少将殿……！　あなたはまさか、〈魔女狩り〉の味方ですか⁉」

「私は公正な判断に徹するまでです。過剰な処分推進への諫言も吝かではありません」

さらりと返すマクミランの態度は、場違いなほど穏やかだ。

「状況から都合の良い部分のみで結論を下すのは、いささか早計と言わざるを得ませんね」

なだめるような声に、ハーシェルは吐く息を怒りの熱で震わせる。

「さすが少将殿……近々軍を退役し貴族連盟に転向されるという噂もある。随分と優雅に構えておられる」

「恐縮です。品性が人並程度というだけの話です」

ハーシェルのあからさまな嫌味を、マクミランは余裕で流してしまう。

「はっきりした決め手がない以上、不問にすべきです。直後に王国軍部隊がテロリストの首謀者を制圧したことですし、彼らの手柄として一括評価して片付けましょう」

少将であるマクミランの提案は、つまり結論だった。

ハーシェルは悔し気に口ひげを震わせた。しかし感情を上位幹部にぶつけるわけにもいかず、ぎろりとクオを睨みつける。

（ひえ）

顔にこそ出さないが、クオの動悸がぎょくん、と乱れる。

（だ……だめかと思いましたが、これは、大丈夫ということ……です、よね？）

会話の内容からして「証拠不十分により不問」といったところだろうか。

そこへ兵士が室内に現れ、マクミランとハーシェルへぼそりと報告を入れた。

ハーシェルがぴくりと口ひげを揺らし、マクミランはゆったりと頷く。

「先程、〈魔女狩りの魔女〉とともに教室で発見された生徒の聴取が完了しました。生徒は制圧現場に居合わせておらず、偶然教室に残っていた〈魔女狩りの魔女〉を発見したそうです」

ルカが口裏合わせした通りに証言してくれたのだ。

ほっとしかけたところで、マクミランがこちらに歩み寄って来た。クオは思わず肩をびくっと跳ね上げる。

「引き続き特務に励むように。残念ながらテロリスト制圧の褒章は与えられませんが」

「あ、いえそのっ、とんでもないことで、ございます」

「立場上、私は公正に状況を判じますが、あなたにはこの学園での生活を謳歌してほしいと思っています。あなたの魔女討伐の功績に見合うものではありませんが」

　にこりと優しく声をかけられ、クオは委縮した。睨まれても微笑みかけられても、結局緊張が解けない。

（あ……わわっ、忘れてましたっ）

　そこでようやく思い出し、あたふたとクオは敬礼する。

　が、その視線はすでにクオから外れていた。

「――とはいえ大佐のご懸念ももっともです」

　向き直ったマクミランの言葉に、当のハーシェル自身が意外そうな顔をしている。

「今後の特務において、今回のような不明瞭な要素は排すべきと考えます。そこでこの学園に〈魔女狩りの魔女〉の監視役を置くことにしました」

「監視役……？」

「ええ。〈魔女狩り〉部隊より第七班〈スクルド〉を召集しています」

　マクミランが目配せすると、控えていた兵士が部屋の扉を開く。

　無言で促され入室したのは、ひとりの少女だった。

「！」

敬礼姿勢で固まったままのクオは目を見開く。

同じ年ごろの少女だった。意志の強そうなきりりと鋭い眼差し。一つにまとめた薄金色(ブロンド)の髪が、足取りに合わせ勇ましく揺れている。

クオが驚いたのは彼女の姿だった。四肢の要所をベルトで留めた黒を基調にした装備と、戦場に立てば一目で判(わか)る意匠。

〈魔女狩り〉部隊の隊服だ。

マクミランは自分の前で敬礼する少女を、ハーシェルに目で示して見せた。

「特務における確実性を期すためにも、前もって監視役の派兵は要請していたのですよ。〈魔女狩り〉には〈魔女狩り〉を――最適な監視役として機能するでしょう」

かねてより中立と公正を表明しているマクミランの提案に、ハーシェルも一瞬押し黙る。

「……なるほど、たしかに監視対象が〈魔女狩りの魔女〉となれば、同じ部隊とはいえ監視側の〈魔女狩り〉による身内びいきの心配もない……。さすが少将殿ですな」

「ええ。ご理解いただけてなによりです」

（…………）

なにやら両者は納得しているが、クオの心中に穏やかならざるものが芽生える。

〈魔女狩りの魔女〉に身内びいきする者などいない。ひとりだし。味方なんていないし。

（……て、言われているような……ちが、違います……？　ただの邪推です……？）

おまけにクオの意思などおかまいなしに、状況は進んでいる。

監視――ということは、常に見られているということで、それはつまり……。

敬礼したままだった指先が、いやな予感に冷えていく。

そんなクオの頭上から、ずい、と影が下りた。

〈スクルド〉の少女が目の前に立ち、クオを見下ろしている。

――というか、近すぎる。身長差がなければ顔面が接触してもおかしくない。試合前の拳闘士の睨み合いのような物騒な間合いだった。

（……へう……!?）

「よろしく、先輩。〈スクルド〉班長のノエルだ」

「あ、はいあのっ、わた、わたしは、クオという、あ、えと、〈魔女狩り〉の、」

わたわたと自己紹介しようとするクオを、すかさずノエルが遮った。

「知ってるよ。あんたは有名すぎるからな。ずっと会ってみたかったんだ」

「へ……あ、そ、そうなんですかっ？」

「勘違いすんなよ。べつに会えて嬉しいって意味じゃねえから」

「へぅ……あ、そ、そうなんですか……」

「あたしの任務はあんたの監視だ。慣れ合うつもりもねえし」

友好的かと思いきや、すぐさま丁寧に否定されてしまった。

「あんたは〈魔女狩り〉の最古参だから今後は『先輩』って呼ばせてもらう。いいだろ」

「は、はい……」

クオを見下ろす目は敵と対峙するかのように油断がない。

「あたしも表向きは学生として在籍することになった。ふん、そんなフワフワした制服着るなんて不本意だけど……まあ仕方ない。任務だからな」

「……？」

ふと、その鋭い語気とは裏腹に、口元がほころんだような気がしてクオが視線を寄せる。

だがすでに、ノエルの表情は硬く険しいものになっていた。

「学園ではあたしら〈スクルド〉が総出であんたのことを見張ってる。

〈魔女狩り〉の力を一秒でも使ってみろ、即行でひっ捕えてやるからな」

クオはその言葉にあらためて息を呑んだ。

緊張する一方、ノエルを見る目には感動と羨望が滲み出す。

（〈魔女狩り〉の……班長！　か……かっこいい、です……！）

〈魔女狩り〉は複数名による固定班を編成して常に行動している。単騎遊軍のクオだけが異例の存在なのだ。

クオからすれば、同じ〈魔女狩り〉でも『班長』は仲間たちを統率する、とてつもなく優れた隊員だ。

クオは尊敬の眼差しで相手を見上げた。

「こ、このたびはっ、監視役、よろしくお願いしますっ。お、応援しておりますので、」

どもりつつ、はっきり声にして挨拶を返せたのだが――ノエルは怪訝な顔をしている。

周囲の沈黙の中、やっとクオは気付く。

自分を監視する相手に激励を送るという、挑発じみた真似をしていたことに。

「ふーん」

しまった、と思った時にはもう遅い。

見上げると、ノエルが鋭い光を凝らせた目で自分を見据えている。

それは今にも喉笛めがけて飛び掛かってきそうな、獰猛な獣の気配を帯びていた。

「ずいぶん余裕なんだな。じゃあ……遠慮なく見張らせてもらうぜ、先輩」

（……！　……ひう……すみません……ちが、違うんです…………！）

今日だけで何度目だろうか、全身からサーッと血の気が引く音をクオは聞いたのだった。

第四章　サボタージュ　と　探しもの

テロリストの学園占拠の翌日。

ウルラス学園はもとの日常を取り戻していた。

取り戻すために開校したと言った方がいいのかもしれない。

人質だった子など欠席者が多少いたものの、学園はいつものように動き出している。

いつもの時間に、授業も始まる。

「──その前に、編入生を紹介しますね！」

教壇から張り切った声を上げたのは、担任のマルグリットだった。

「新しくみなさんの仲間になる、ノエル・コートニーさんです！」

「よろしく」

ノエルは教室の生徒たちを見回した。

気の強そうな眼差(まなざ)しに、不思議と人を惹(ひ)きつける不敵な表情。

昨日は戦闘服に包まれていた長身とすらりとした手足が、今は学園の制服を纏(まと)っている。

女子たちは、すぐさまわあっと華やかに沸き立った。

「きゃーっかっこいい！」「ワイルド系だぁっ」「やっぱー！」「あたし好きかもー！」

明るく盛り上がる生徒たちの様子にマルグリットはほっとした表情をする。昨日のテロによる生徒への影響を心配していたのだ。

「コートニーさんは戦時中、王国軍の部隊にいたそうですよ」

「はい。ずっと軍にいました。戦争中は前線に」

……えええええー！　と、女子たちの声が昂った。

見た目や雰囲気を裏切らない経歴。軍にいて、前線で活躍していたなんて――とにかくかっこよすぎる。それを淡々と口にする様子もまたいい。

大はしゃぎで顔を見合わせる生徒たちに、ノエルは気取らない佇まいで向き合った。

「学校生活は初めてなんで、いろいろ教えてもらえればと」

無骨な挨拶と凜々しい眼差しが――クラスの女子たちの心を見事に射貫く。

『つきゃーーーーーーーーーーっ！』

とうとう黄色い声が、悲鳴のように沸き起こった。

（…………………おおお……！）

クオは口をOの字にして、後ろの席からその光景を拝んでいた。

自分の監視役としてマクミラン・アロンダイト少将が遣わした〈魔女狩り〉のノエル。

堂々とした佇まいが、眩しいほどの存在感を放っている。

（これが編入生の、完璧な佇まいだったんですね……お手本にしたかったです……）

朝っぱらから変な注目をされ、質問にもただの首振り人形と化していた昨日の自分とは大違いだ。

「ひゅーっ。かっこいいねえ、ノエルってヒト。きみと同じ〈魔女狩り〉だっけ、クオ」

隣から、薄い笑みのルカがこそっと話しかけてきた。

昨日の処分不問のやりとりの後、ノエルのことはルカにも知らせていた。

同じ〈魔女狩り〉の部隊員が、自分を監視するために学園に滞在することを。

表向きは、ノエルも〈魔女狩り〉であることは秘匿事項になっている。しかし経歴は「兵卒として戦争前線の経験あり」とクオよりも軍人色が出ている。

クオの監視役という点で、その方が都合いいというのが軍部の判断らしい。

「あのルカ、あんまり〈魔女狩り〉という言葉は口にしないようにしてください……」

「もちろん用心するよ。ぼくあのヒトに正体ばれたら大変だもん。くわばらくわばら」

（ほ、本当に大丈夫ですか……？）

ルカにノエルの素性を伝えたのは、彼女の秘密を守る一環で用心するようにと伝えたつもりだったのだが……ルカの暢気さに一抹の不安を覚える。

いや、心配すべきは自分の方かもしれない。

学園内での自分の挙動に監視が付く。任務に背いた瞬間、直ちに処分をするために。

クオは真面目に任務に取り組む所存なので、監視に緊張するくらいだ。

だが懸念がある。たとえば――

「じゃあさクオ、今から授業サボろうよ」

――こういう不真面目な誘いに巻き込まれてしまうことだ。

「えっ、で、だっ、だめですよ……っ」

教室はまだノエルへの質問攻めで騒がしいが、クオはぼそりと声を潜めた。

「お堅いなあ。ぼくらともだちでしょ。昨日テロのせいでできなかった探しものに付き合ってよ。授業時間の方があの別館にも入り込みやすいしさ」

「だめですよっ、それに、あそこは立ち入り禁止だと先生が――」

するとルカはからかうような、おどけた口調で詰め寄った。

「あれあれ？　そんなこと言っていいのかなあ。クオ、次の授業何か知らないの？」

「……えと、次は、化学の授業で、実験が、」

「実験作業はね、二人一組でやるんだよ。いいのかなあ。ぼくが不在だときみはひとりぼっちになっちゃうよー？」

「！　な、なんっ、なななな……！」

クオは仰け反った。『ひとりぼっち』という単語に不吉な予感を覚える。

「きみはどこかのグループに混じれるのかなー。自分から頼んだりできるー？」

ルカがにまにまと笑みを寄せながら、問いかけてくる。

「ひえ、う……そ、それは……っ」

クオは戦慄く。ペア作りにあぶれ、ぽつねんと教室で佇む自分が哀しいほど容易に想像できてしまう。考えただけで心が折れそうな状況だ。実験どころではない。

畏れをなすクオにつけこむかのように、ルカが甘やかな声で誘いかける。

「だからさ、この授業はサボってまずは探しものしよ？　次の授業はぼくも出るからさ」

「え……うぐ……で、でも……だっ……だめですっ」

クオは慌てて首を横に振ると、鞄から素早くノートを取り出した。

「それに……！　予習もしたので、実験はひとりでもできますっ」

「えーでも実験はペアで……わ、これはすごいねえ」

開かれたノートを覗き見て、ルカは感嘆の声を上げる。

クオは前日に全ての授業の予習を独自に済ませていた。次の化学の実験についても作業の手順から実験目的、結果まで目をつむってでも実験ができますから……っ」

「こっ、これさえあれば、目をつむってでも実験ができますから……っ」


「いやいや、それはシンプルに危ないでしょ。……ん、これなに？　クオ」

ノートの要所要所で〈ここがポイント！〉〈これ大事！〉〈まとめだよ〉と吹き出し付きで黒くて丸いなぞの生き物がコメントを入れている。おこげちゃんだ。

自分しか見ないノートのつもりで書き入れていたので、発見されると少し恥ずかしい。

「あ、それは……その……おと、おともだち、です……」

「わあ、そうなんだ。なんて名前？　口癖は？　好きな食べ物はなあに？」

「っわあああ、そっ、そんなたくさん見ないでください……！」

にんまり笑顔でおこげちゃんに食いつくルカを遮るように、クオは上半身を使ってノートを隠した。

「わかったわかった。でもノートのともだちとは実験できないから、予定通りにいこう」

「よてい？」

「――せんせーい」

ルカは勝手にマルグリットに向かって挙手した。

「どうしました？　エリトリットさん」

「ちょっと調子が悪くなっちゃいました。一休みしてきてもいいですかー？」

授業を抜ける言い訳にしては率直すぎるが、マルグリットは心配そうな表情になる。

「あ……そうね、無理することはないわ。医務室で横になる？」

マルグリットはルカが昨日のテロリストの一件で軍部から聴取された生徒の一人だと知っていた。人質同様に巻き込まれたショックがまだ残っているのだと、ルカへ気遣わしげに問いかける。

当のルカはけろっとした表情のまま頷いた。

「そうしようかと。──では、クオも連れて行きます。クオもなんか、あれですし」

「？」

ルカは立ち上がるやクオの背後から両脇をかかえ上げ、ひょいと立ち上がらせた。

「一緒に一休みしてきまーす」

「……ちょ、と、ルカ？」

そのままクオは教室の扉までずるずると引きずられていく。

ルカの発言はクオを連れ出す理由にすらなっていないが、マルグリットは優しく頷いた。

編入初日だったのに昨日は大変だったものね……と、勝手に解釈している。

「わかりました。アシュフィールドさんもお大事にね」

「…………え……いやあの、ちがうんです、わたしは授業を、真面目に――」

おろおろとクオは口を動かすのだが、賑(にぎ)やかな教室、いたわりの表情で見送る担任、意外にも強い力で自分を教室の外へ連れ出すルカ――と、むなしくも彼女の言い分は誰にも伝わることはなかった。

熱を帯びたクラスメイトの憧憬の的となっていたノエルだけが、教室から消えるクオの姿を一瞬だけ鋭い目で捉えていた。


「ああいう時は、変に具合の悪そうな小芝居なんてしないほうがいいんだよ」

教室を出て廊下の角を曲がると、ルカが得意げに告げた。

「身体(からだ)の具合についてごちゃごちゃ聞いてくるヒトもいるから、教員にもよるけどね」

「先生をだますなんて………」

羽交い絞めから解放されたものの、クオはルカのあとについて歩いていた。すぐ教室に引き返すことも考えたが「かえって目立っちゃうよ」とルカに言われてしまい、気弱にも諦めたのだ。

「おいおい、人聞きが悪いよクオ。もしここでぼくの探しものが見つかったら、ぼくはスッキリしてとても調子がよくなるかもしれないよ」

「そんな、適当な……」

「まあ探せばわかるさ」

この手法でこれまで何度かサボってきたのだろう。授業中の校内をゆくルカの足取りは慣れたもので、あっさりと別館の前に至る。

行く手を阻む鉄の柵に手を伸ばして軽くゆすってみる――と、すんなり奥へと動いた。

「おやおや？」

意外そうな声を零す。よく見ると錆びた鉄柵は閂が外れ、施錠箇所にあるはずの鍵もない。手で押せば、あっさりと開いたのだ。

「もしかして誰かが入ってる？」

「……人の気配は……ありませんが……」

クオは正面の別館に向け意識を集中させた。朽ちかけた鉄柵、手前に延びる草が茂った小径、埃っぽく汚れたドアノブ――学園内でなければ、廃墟のような佇まいだ。

「じゃあ別館の扉も――あ、開いた。なんだなんだ、最初から施錠なんかされてなかったのかな」

「使われていないのなら、鍵くらいかけていそうですが……て、あれルカ？」

「おじゃましまーす」

クオが辺りの様子を窺うなか、ルカは無造作に扉を開き、どんどん中へ入ってしまう。

「て、手慣れてませんか、ルカ……？　さぼるのとか、禁止の場所に入るのとか……」

気弱な呟きとともに置き去りにされ、そこではっとクオは顔を上げた。

肝心なことを思い出す。いや、忘れていたというべきか。

慌てて小走りでルカの後を追う。

「あ、あのルカっ、ルカが探しているものってなんですか？」

別館は、人の気配に乏しい空間特有の匂いがした。窓から差す陽の光に、舞う埃がはっきりと見える。その向こうにあるルカの背中に声をかけると、

「――ああ、そうかごめんごめん。あんまり詳しく話してなかったね」

古い木の床を軋ませながら、先を歩いていたルカがひょいと振り返る。

「探しているのは、魔女だよ」

思わずクオは足を止めた。キシッと床の木が音を立てる。

「魔女」

クオの気配が一瞬で〈魔女狩り〉のものに転じた。濃い藍の眼が、強くルカを見る。

対するルカは授業をサボろうと提案したときと変わりない雰囲気のまま、軽く頷いた。

「そうそう。自由で偉そうで、一方的に勝手なことばっかり言うやつでさ――」

　懐かしそうに語る口元を緩ませながら、

「けど、長いこと渡世してて、同種族と会話をしたのはあのときで百年ぶりくらいだった。だから、あいつにはちょっと思い入れがあるんだ」

　それはつまり――クオが考えるより先に、ルカが肩をすくめて見せる。

「安心して。あいつはもう死んでるよ。別に生き残りの魔女と組んでヒトに反撃を目論んだりしないって。ただ……久しぶりにあいつの反応を拾ったから」

「反応……？」

　時計塔でも、学園を眺めながらルカは呟いていた。

『――反応があったからこの学園のどこかで見つかるはず――』

「そう。魔女ってね、たとえ死んでも血さえあれば魔力が残るんだ。聞いたことない？――昔むかし、ある魔女がヒトに殺され、吹き飛んだ小指がその土地の湖に落ちた。するとその小指は残存魔力だけでその湖を腐らせて、その後何十年も生き物が立ち寄れない死の湖畔に変えたって話。

　魔女は血さえ残っていれば、死後でも魔力を発揮できるんだよ。怨念みたいにね」

――よその国の逸話だろうが、ありうる話だった。

魔力を操る魔女だけでなく、血そのものの脅威はクオも戦場で実感している。

魔女の血はいわば魔力の原液だ。強い魔女ともなれば、血の匂いだけで人を殺せる。

「あいつはずいぶん前に死んだ。けど、二、三日前にあいつの魔力の反応を感じた。ということは——あいつの血なり断片なりが、この学園のどこかにあるはずなんだよね」

反応に関してはルカの言葉に依るしかないが、疑いを挟む気は起きなかった。「あいつ」を語る彼女の目は、まっすぐで静かで——

「だから見つけ出して、せめて弔ってやりたいと思ってるんだ」

——切実だった。

人に紛れて学園生活を送るルカにとって、魔女の気配を探し回るなんてリスクでしかないはずだ。それでも彼女は探している。

百年ぶりに言葉を交わした同種族の死を、悼むために。

「わかりました」

クオは頷く。——弔うことの大切さは、身に沁みていたから。

「ルカの探しものを、わたしも手伝います。魔女の力が残置されているのは、学園にとっても危険ですから」

「ありがとうクオ。きみはいいやつだねえ」

軽い口調に戻ったルカは、踵を返して先を歩き出した。

「学園のどの地点、というのはわからないんですか？」

「んー難しいね。反応も一瞬だったし、あれきり全く音沙汰なくなっちゃってさ。でもさ、ぼく死んだことないからわかんないけど、死後の魔力が発動したら、その後放出され続けてる気がしない？　制御する魔女自体はいないわけだからさ」

「そう、ですね……」

結局手がかりはルカが感知した反応のみ。魔力の源がちぎれた小指のようなものだとか、どういう状態かすらもわからない。──かなり難易度の高い探しものだ。

「あ──クオ、みてみて」

ふと、扉が開きっぱなしの教室の内部に目をとめ、ルカがひょいと指さす。

「！　断片ですかっ？」

「んーん。ほらあれ、変な形の箱がたくさんあるよ。なにあれ」

覗き込んだ教室には、埃をかぶったケースや教科書類が積み上がっていた。

クオは中に入り、手近にある腰の高さほどの台を覆う布をめくる。

細い木の板が長さ順に整然と並べられた台──木琴だ。

「あ――これは、楽器です」

「ガッキ？」

「音を鳴らす器具です。音楽の授業に、使われるものだと」

見回すと、室内に積まれているケースの形は不ぞろいだった。金管楽器、弦楽器――各楽器を連想させる形状をしている。

学園は戦後再開してから間もない。基礎授業に当たらない音楽は教員の確保も含め後回しになっており、教材も保管されたまま――といったところだろう。

「ふうん。じゃあそのうちオンガクの授業も始まるかもしれないんだ。

ヒトってヘンなところがあるよね……音を出すだけで、喜んじゃったりしてさ」

ルカは何かを思い出すような、しみじみとした口調になる。

「あれ、そういえばクオも昨日は面白い音出してたよね。昼休みに茂みの中で」

「う⁉　あっ、あれはその、ただの趣味の、ハーモニカでっ、ひとりのときにしか……」

「ぼく聴きたいな。きかせてきかせて」

「い、いえあの、人様に聴かせる類のものではっ。みっ、見られると緊張しますしっ」

「じゃあ目つぶってるから」

ルカはその場で無造作に目を閉じ、耳を澄ませるようにクオへと身体を傾ける。

なぜか自分がハーモニカを吹く以外の選択肢はないような気になってしまい、クオはおずおずとポケットから楽器を取り出した。

自然を謳う素朴な童謡を一節、吹いてみる。最初は震えていた音もすぐに滑らかになった。自分の呼吸をやわらかく、力強く、ときに繊細な音色に変えるこの楽器には、戦争の遠征や待機の時間——ひとりの心を支えられてきたことを思い出す。

この音を聴く前にも後にも、もう魔女の討伐がないと思うと少し不思議な気がした。

——クオがハーモニカから口を離すと、ルカは小さく笑った。

「いいね」細めた目でクオを見つめながら、

「その音好きだな。ぼくにもできる？」

「あ、ルカも簡単に吹けますよ。ええっと……」

辺りを見回すが、山積みの楽器ケースから小さなハーモニカを見つけるのは難しそうだった。自前のハーモニカを遠慮がちに差し出す。

「すみません、わたしのでもいいですか？」

「わーい、ありがとう」

ルカはハーモニカを受け取ると、見様見真似でふー、と息を吹いた。音が鳴ると、

「！　わ、はは」

自分が鳴らした音に驚き、少し照れくさそうに笑う。

「違う音も出せるの？」

「あ、はい。息を吹く穴の位置で音が変わります。あと、吸うと出せる音もあって——」

ルカはハーモニカを左右に動かし、息を吹いたり吸ったりして音の違いを実感する。頬を膨らませては嬉しそうに目を細めていた。

千年近く生きているはずなのに、ルカは不意に稚く無邪気な顔を見せる。

「——あ、あのルカ、よかったら貸しましょうか？　そのハーモニカ」

「いいの？」

ルカは子どもみたいに顔を輝かせた。

「なんだか不思議だなあ。音が鳴るだけで、楽しい気分になるものなんだね」

ハーモニカを見つめながらぽつりと呟いたルカの横顔を、クオはじっと見た。

音楽というものを知らなかったみたいだが、こういう感覚を共有できるなんて。

ルカは、魔女だけど——

「……て、あれっ、ルカ、探しものはっ？」

「んん？　ああ、そうだった。ちょっと寄り道」

「している場合じゃないですよっ、もう授業も終わりますし、時間が、」

我に返ってその場を忙しなく動き出すクオを、ルカは気楽そうに眺めた。

「まあまあ。慌てることないよクオ。手がかりが少ないんだし、気長にやろうよー」

そう言って、ファー、とハーモニカの音も付け加える。すっかりお気に入りだ。

その後は別の教室も歩いて回った。別館は外観こそ大きく見えたが、中に入ってみると教室数も少ない。これ以上探索する所もなさそうだった。

ちょうどそこへ、授業終了のチャイムが鳴る。

「わ、そろそろ出ないとです、ルカ」

次の授業までサボるわけにはいかない。クオはいそいそとルカを連れ、別館前の鉄柵を閉ざした。ハーモニカを手に、ルカが小さくむくれる。

「ええー。もう終わり?」

「戻りましょうっ。探索する場所も、それほどありませんでしたし……」

「ちぇー、だよ。ぼく、他の楽器も音鳴らしてみたかったのにさー」

「が、楽器の方ですかっ? でしたら後にしましょうっ、今は次の授業に出ないと、」

「――こんなところで何してたんだ」

少し低めの、まっすぐな声が背後から刺さる。

びくっと振り返ると、そこに立っていたのはノエルだった。

「のっ、のの、ノエル・コートニーどのっ!?」

クオは地面に刺さった棒のように直立した。彼女の「軍人」という表向きの素性を考慮したつもりだったのだが、ノエルに軽く鼻であしらわれる。

「ノエルでいい。お互い『普通の生徒』、だろ。そんなことより――授業サボって別館に入り浸ってたなんて、あんた以外とワルいところあるんだな」

ノエルはすでにこちらが別館にいたことを把握済みの口ぶりだった。

そうか、彼女が率いる班員もわたしの監視を――

クオの内心を裏付けるように、ノエルは威圧感溢れる視線をぶつけてくる。

「そう簡単に監視の目はごまかせねえぞ。どこにいようと見てるからな」

ひえ、とクオが身をすくめると――

横でルカがひょいと小首を傾げた。

「ノエルきみひょっとして……クオのストーカーなの？」

「……違えよ！」

同じクラスの女子からの思わぬ問いに意表を突かれたのか、ノエルが声を荒らげた。

「人聞き悪いこと言いやがって、誰がストーカーだ！」

「あれえー違うんだ。じゃあどうしたの、わざわざ迎えに来ちゃって」

「先輩に用があるんだよ！　ほんとはもっと早く話しかけようと思ってたのに、クラスの女子に囲まれたし、その後も全然教室に戻って来ねえし……ずっと待ってたんだぞ」

「そっかあ。ずっとクオを心待ちに。なんか健気だねえ」

「うるせえ、なんだおまえは！　おちょくってんのか！」

ノエルの凄んだ声などどこ吹く風、といった様子でルカはクオにこそっと耳打ちする。

「くわばらくわばら。ノエルったらきみに夢中みたいだよ、クオ」

「あ……えとその、ちょっと、違うのでは……」

そんな暢気な感情ではないことは、クオにも判る。

『先輩に用がある』――クオの脳裏を過ったのは昨日の対面でのノエルの気配だった。剣呑で、迫力があって――やけに敵対的な。

「……あ、あのっ、のの、ノ……ノエル、さん……っ」

「ノエルでいいって言ってんだろ」

「ひえ、すみませんっ……あ、の、ノエル、……っ」

震えあがったクオは胸の前を握り拳で押さえつつ、思い切って声を張った。

「なにか、わたしに思うところがあるんでしょうか？　恨みとか、赦していない、とか

「……」

そう切り出したのは、クオ自身に思い当たる節があったからだ。

同じ〈魔女狩り〉にとって。

恨まれても当然、赦されるはずのないことを、自分は——した。だから……。

「何言ってんだ？　別にあんたに恨みなんてねえよ」

「……え、あれ……そ、そうなんですか……？」

『あのとき』の償いを覚悟していたクオが、拍子抜けした顔になる。と、

「でもそうだな。思うところなら——ある」

ノエルの気配が尖る、と同時に流れるような動きで近接戦闘の体勢が取られていた。

構えられた右拳には、銀色のペンが握られている。あれは——

「先輩、今からあたしと勝負しろよ」

「は……へ……？」

間の抜けた声を漏らすクオを見据え、ノエルは口の端を微かに吊り上げる。

その凛々しく引き締まった顔に溢れているのは、紛れもなく闘気だった。

「あんたの噂はかねがね耳にしてたんだよ。直に会えることになって、ほんとは嬉しかったんだ。だって——直接対決ができるんだから」

「へぇ……？」

まさか。昨日初対面で挨拶したときからの、威圧的な態度は――

「あんた強いんだろ？　だったらどのくらい強いのか確かめないと――なあ？」

今にも飛び掛かってきそうだった攻撃的な気配は――

（わたしのこと嫌いとかではなく、そっ、そそそれって……！）

つまりクオと闘ってみたい――という根っからの好戦的態度の表れだったのだ。

「とことん全力で――といきたいとこだが、お互い『事情』もあるし加減はする。けど、後輩の頼みだ、とことん付き合ってくれるよなあ――先輩」

その口元が、惚れ惚れするほどかっこいい野性的な笑みを見せる。

「さあ、勝負しようぜ」

「ひぃえええええええええっ⁉」

怒りや恨みより、はるかに厄介な感情でロックオンされたことにようやく気付いたクオは、悲鳴じみた声を校内に響かせた。

第五章　逃げ隠れと隠し部屋

クオはとにかく全力で首を横に振りまくった。

「こ、こまっ、こまります……っ！　ケンカなんて、そんなっ……！」

「そう言うなよ、先輩」

銀色のペンを右手に隙なく身構えるノエルの目は、爛々とした闘気に満ちている。

「単純な話、噂されてた先輩とあたしらとの実力差っての、ずっと確かめてみたかったんだ。戦地じゃ顔合わせる機会なんて、全然なかったんだからよ」

（……！　そ、そんなっ、それで昨日から、あんな雰囲気で……っ？）

つまりクオとの馴れ合いを拒絶した態度は――対決したい意気込みゆえだった、と。

判ったところで、クオとしては恐れをなすしかない。

「いえあの、わたしはその、手合わせとか苦手で、それに、この後は授業がっ、」

「じゃあ早く済ませようぜ。秒もいらねえだろ」

ノエルが地を蹴った次の瞬間、クオの真正面に迫近していた。

ビュッ、と鋭い風が唸る。踏み込みで溜めた力を下から上へ一気に放つアッパーカット。

「わあ――待って、待ってくださいっ」

ノエルの左拳を鼻先で躱しながら、クオは必死で制止の声を上げる。

「勝負に『待った』があるか――よっ！」

ノエルは不敵な笑みとともに、右拳のフックで抉りに来た。クオが横に避けると、間髪入れずブンと蹴り上げが迫る。斬るような鋭い蹴撃が、しならせたクオの身体を掠めた。

「――もうやめ、やっ、ややや止めましょう……っ」

「チッ――とっとと反撃してこいよっ！」

猛攻を繰り広げるノエルが、荒々しく左拳を突き出す。

クオはするりと正拳を躱し「ひえ」と声を漏らすと、丸くした拳でぺし、と軽くノエルの左腕を叩き、流れるようにその右脇を駆け抜けた。

「！」

ノエルは素早く振り返る。情けない悲鳴を上げながらもすべての攻撃を避け、弱小パンチながらも一瞬にして反撃を果たした――クオの尋常ならざる動きに気付いたのだ。

次には、その口元にニッと笑みが刻まれる。

「さすが――やるじゃねえか、先輩」

一般人であるルカがいる手前、初手は「ケンカ」に収まる範囲で動いていたが、ノエルはさらに一歩踏み込んだ戦闘に及ぼうとしていた。右に構えていた銀のペンを——

「——っ⁉」

ノエルは息を呑んで右手を凝視した。その拳に在るはずの、ペンが消えている。

「あ、あの、ノエル……これ…………」

「な——⁉」

次に目の前のクオがおずおずと差し出したものに、ノエルは眼を剝く。

それは彼女が確かに右手で握っていたはずの銀のペンだった。

ノエルの左拳を躱しざまの弱小パンチ——辛うじて繰り出した攻撃などではなく、ようやくの接触に意識や緊張が左腕に集中する瞬間を作り出すためのものだったのだ。

その隙に、クオはノエルが右に構えていたペンを掠め取った——

だがその動きこそ恐るべきものだ。一瞬にすら満たぬ間に、ノエルが反応すら逸するほどの速さで、クオは彼女の手元から得物を奪ったのだから。

「んだと……、そんな……！」

愕然と固まるノエルへ、クオはそーっと手にしたペンをさらに前へと差し出した。

「す、すみません、ノエル……これは、おか、お返しします……」

見開かれたノエルの目が、今度はクオを凝視する。

クオは臆病な目線を下にやりながら、

「これは、大事なものです、ので……」

「──……」

その言葉に、毒気を抜かれたようにノエルは構えを解いていた。

そのまま手を伸ばし、クオの掌に乗せられた銀のペンを受け取る。

「……」「……」

すっかり戦意の失せたノエルの視線に、クオは気まずそうに俯き、身を縮め──

「──さっ……」

なにやら呟き、次にはぱっとその場を駆けだした。

傍で二人を眺めていたルカの手を取ると、そのままどたどたと本館へと走っていく。

「──ええー、逃げちゃうの？　ケンカの続きは？　勝負は？」

クオに引っ張られながら暢気に問うルカの声に、はっとノエルも我に返る。

「あっ、おい……っ」

どこか気の抜けたノエルの声が背中に届くが、その気配が追ってくることはなかった。

本館に入ると、クオは人気のない空間を求め、ある教室の扉を開く。

そこは使われていない空き教室だった。閑散とした空間に机と椅子だけがある。

(あれ……、ここは、他の教室より狭い、ような……?)

教室に入る前と中を見渡したときとで妙な違和感が――だがクオは軽く見回した教室の奥にスチール製のロッカーを見つけると、しずしずとした足取りでそちらへと向かった。

「おーい、クオー?」

教室前まで一緒について歩いていたルカが後ろから声をかけるのだが。

クオは思いつめた表情でロッカーを開けると空っぽの空間に収まり、隅っこに額を押しつける。

「…………どうしよう……………」

勝負なんて、ケンカなんて、できない。でも相手は同じ〈魔女狩り〉で、自分の監視任務を担っている。向こうの方が立場的に優位で、断れないものだとしたら……。

(へ、へんな逃げ方してしまいましたし……)

反撃ともいえない咄嗟の一手の直後、沈黙に耐え切れず逃げ出してしまった。

「さらば」でも「さよなら」でもないし、去り際はなんて言えば……なんて迷った挙句口走った一言が「さっ」だった。そのままサッと逃げたので、擬音語を口走るへんな人になってしまった……そんなつもりでは。

それよりノエルとケンカなんて、これから一体どうすれば……。

「クオってば、引きこもってるの？」

狭いロッカーのそのまた隅で、ずーんと懊悩(おうのう)するクオをルカが覗(のぞ)き込んで来た。

「う、う……すみません……自分の不甲斐(ふがい)なさが身に沁(し)みて……」

「ははあ、昨日茂みで丸くなってたときみたいだね」

ルカの指摘通り、クオは落ち込んだり疲弊した場合、ひとり陰でじーっとする時間を要するのだ。

戦時中も合流した軍の隊員の迫力に気圧され、逃げるようにテントの隅で丸くなっては脳内のおこげちゃんによる〈ファイト～！〉の励ましで気力を取り戻していたものだ。

クオが裏声でおこげちゃんの台詞を口走っていたところを、偶然通信機を繋げたアビゲイルに聴かれたこともあった。

『……無事らしいな』

『………………ハイ……』

――ボスとのやりとりで、かなり恥ずかしい部類に入る生存確認を思い出してしまう。

「う……あと七分……次の、授業はちゃんと――」

　思いつめていても、体内時計は正確に機能している。そろそろ教室に戻らなければ、とクオが顔を上げると、

「よしよし」

　と、声が近付きクオの背中にふわん、と温かいものが密着した。

「ふょ……？」

「じゃあぼくも、ここでひと休みしよっと」

　無邪気な声に振り返ると、クオの背中にくっついたルカがさらに身を寄せてきた。

　狭いロッカースペースに二人の身体がきゅっと詰まる。

「へう——？」

　身体と気配の急接近にクオが硬直する。と——そこへルカは僅かな隙間からするりとクオの腰に腕を回してきた。身体をくっつけて、クオの耳元にささやく。

「なんか不思議な対決だったねえ——あれはクオの勝ちでいいの？」

「え、いえそんなっ……わたしは、ケンカとか、苦手ですし……っ」

「ふうん、そうかなあ。余裕そうに見えたけど」

　ささやきに混じる吐息がクオの耳の縁をくすぐった。

　他者との近すぎる距離がクオを緊張させるのに、ルカは身体をもたれかけてくる。

「あ、あの、ルカ、もうそろそろ、教室に戻らないと……」

「走っていけば大丈夫だよ。ぼくもう少しフカフカしたいな」

「わああの、ちか、近いですルカ……っ」

密着の感触にびくーっと震えるクオの肩に、ルカがひょいと顎を乗せた。

「そうだ、ノエルが持ってたあの銀のペンってなんだったの？　ひみつ道具？」

ノエルが初手を繰り出した後、本気になるため拳で身構えようとした、まさに虎の子。

だからこそクオに奪われ、あっさりと返されたことで戦意喪失してしまったのだろう。

クオは慌てふためきつつも、律儀（りちぎ）に答えた。

「あ、あれは、雷杖（トールバール）という、〈魔女狩り〉が使う武器なんです」

雷杖（トールバール）。魔力を〈雷浄（ルーメン）〉に転換する媒介を担う〈魔女狩り〉専用武器だ。

雷杖（トールバール）で〈魔女狩り〉が生み出す〈雷浄（ルーメン）〉は、通常の蒼白（そうはく）色に対し、魔女の力を血に取り込んだことを表すような赤く黒い、緋闇（ひあん）の色を特徴としている。

その緋闇の雷は、出力・威力ともに通常武器の十倍を優に凌（しの）ぐ。

通常、対魔女戦で軍人が用いるのは、刃（やいば）や弾丸に〈雷浄（ルーメン）〉を纏（まと）わせた雷装（らいそう）武器だ。充電を要し、特殊装備仕様の重量や〈雷浄（ルーメン）〉出力の限度など、魔女を相手に戦うには課題も多かった。

る。

だが〈魔女狩り〉なら魔力と雷杖(トールバール)さえあれば、孤立無援の戦地であろうと魔女と戦え
機動力、戦闘火力、持続力——そのいずれもが、既存戦力とは一線を画す特殊部隊。

それが〈魔女狩り〉だ。

戦場では杖(つえ)を持つ者=〈魔女狩り〉とされ、戦局を左右する目印となるほどだった。

「ふうん。武器には見えなかったけどな」

「本来は杖の形ですが、魔力で自分用の武器にも変形できるんです。ノエルがペンの形にしていたのは、わたしの監視に備えて学園で携帯するのに自然だからかと」

「あ、じゃあクオも持ってるんだ。どこどこ?」

「いえあの、わたしは……ちょ、と、へうっ?」

クオの任務は〈魔女狩り〉の力厳禁なので、自前の雷杖(トールバール)は上官のアビゲイルに預けている——という事情はおかまいなしに、ルカは両手でクオの腰やお腹(なか)、太ももをさわさわと撫(な)で探り出していた。

「る、ルカっ、そんなとこに、ないです……っ」

「そうだねー。わ、クオってさ……ほっぺた以外もフカフカなんだね。ここ��か」

「ふぃ……っ⁉」

ルカの両手がふわっとクオの胸に触れた。なぜかへんな声が出る。心臓に、近いから?

「あと、意外なのがここの――」と、ルカの片手がするんとクオのウエストをなぞるように滑り、ひたりと太ももに添えられ、つーっと撫でる。

「足がさ、筋肉質かなーと思ったらフカフカなんだよね。不思議だなあ、なんでだろね」

「ひぅ……っ、すみません、わたしも、わかんないですっ……ひゃぅわぁぁ……っ!」

全身が痺れて、くすぐったい――クオはすっかりパニックに陥っていた。

「ここも、ここもフカフカだなー」と、ルカが面白がってあちこちに触れるたびにへんな声が出てしまう。べつに致命的な弱点ではない、はずなのに、どうして?

「へぅぅぅ……っ」

全身が鋼のように強張るのに、骨が抜けたようにフニャフニャする――混乱する感覚と意識のなか、クオが逃げ道のない身体を、ロッカーの奥に押しつける。と――

ロッカーの背面の壁が抜けた。

「わ――」「おっと」

二人の身体はあっさりとロッカーの向こうへ押し出される。

慌てて身をよじったクオがルカを抱え、べしゃ、と背中から倒れた。

「ふきゅん」

「クオっ、大丈夫？」

ルカがクオの上で身を起こした。珍しく慌てた声に、クオはすぐに頷(うなず)いた。

「平気です、けどあの、ロッカー壊してしまっ……て……」

はっと言葉が途切れ、ルカを抱えたまま身体を起こす。

そこには空間が広がっていた。窓はなく、自分たちが押し破って来たロッカーから漏れた光で辛うじて内部を見渡すことができる。

四方の壁一面には地図や写真、書面が鱗(うろこ)のように貼り重ねられており、中心に置かれた机上には紙面の束が山を成している。

「……えっ？」

「――これはこれは。隠し部屋ってやつかな」

目を見開くクオの傍(かたわ)らで、のっそりとルカが呟いた。

出入口が一つだけの四角い空間。広さは通常の教室の半分もない。

クオが教室に入るときに抱いていた違和感の正体が判明した。

廊下で見た隣の教室との距離に対し、この教室内部がやけに狭く感じられたのは、教室と教室の間に壁を設(しつら)え隠されていたこの空間のせいだったのだ。

「このロッカーが隠し扉になっていたんだね」

ルカは面白そうに辺りを見回し始めた。

空き教室も空のロッカーもこの隠し部屋のための仕掛け――だとしたら、いつ誰が何の目的で作ったものなのか。壁は経年の汚れもなく、むしろ新しく見えた。

クオも立ち上がり、机に積まれた書類に目を落とすと、すぐに理解した。

「ここは、戦争中に王国軍が使用していた作戦室だと思います」

「へーそうなの？」

「はい。ここにあるのは戦況報告書です。この学園は戦時中、王国南東部の軍事拠点として使用されていましたから」

「ああ、そういえば昨日もテロリストが言ってたね。戦争中ここは軍の本拠地だったんだから、武器を隠し持ってるんだろうとかなんとか」

王国軍が武器類を学園に置き去りにして撤退するわけがない。戦争が終わり、学園から王国軍関係のものは完全に撤収されているはず。なので――

「どうしてここに資料が残っているのかは、わかりませんが」

「隠し部屋だから、うっかり忘れちゃったのかな？」

「そんなはずは……」

クオは机上の書類内容に軽く目を通す。機密性の高い作戦を示す『極秘』が押印された資料は、戦況事後報告書のようだった。

「あ……」

ふと手にした書類の内容に、クオは声を零す。

『〈魔女狩り〉次番　部隊員候補リスト　三百七十六名』

──気付けばクリップで纏められていたそのリストを手にしていた。

分厚い書類には膨大な数の氏名と、血液データを中心とした生体数値が羅列されている。

数値と項目から察するに、魔女の血を取り込む前後のデータのようだ。

時折、数値の記載が途切れている者もいた。適合できなかったのだろう──

「おやおや、〈魔女狩り〉ってことはきみのお仲間だ。知ってる人はいるの？」

辺りを見回り終えたルカが、クオの肩に顎を乗せて書類を覗き込んで来た。

「いいえ」クオは資料の一枚一枚に目を通しながら、静かに答えた。

「わたしは『次番』とは別の単騎遊軍だったので、戦争中もこのリストの方たちと会ったことはないんです。顔を合わせたのも、昨日ノエルとが初めてでした」

「そうなんだ。じゃあ戦争中もずっとひとりで戦ってたの？」

「あ、はい」

「そっかあ。じゃあクオって昔からひとりぼっちのコだったたってこと？」

「うぐ――いえそのっ、わたしが単騎遊軍だったのは、せ、世代が違うからなのでっ、」

「世代？」

「〈魔女狩り〉の大多数は、班を結成して動くノエルたち次番世代ですが、わたしはその、ひとつ前の『初番』世代なんです」

クオは十一年前結成された〈魔女狩り〉部隊のはじまり――『初番』と呼ばれる世代だ。

当時は魔女の黒血精製技術が不完全で不適合者も多く、部隊も小規模だった。

今となっては、初番で生き残っているのはクオ一人しかいない。

クオの血をさらに精製した血を採り込んだ次の世代が『次番』だ。ノエルを含む、現行の〈魔女狩り〉隊員たちが該当する。

「なるほど、それでノエルはきみを『先輩』って呼ぶんだね。礼儀をわきまえてるなあ」

「……れ、礼儀はいいので、ケンカはしてこないでほしいです……」

「まあまあ、そう言わずに付き合ってやってみてもいいと思うけどな。拳を交わし合って思いをぶつける、そこできみはノエルと熱い友情を育むのさ――なーんて」

「そんな……拳とか、ぶつけたりは苦手なので、この先も走って逃げようかと……」

「おいおい。そんな情けないことじゃ、この先もクオは〈ぼっち魔女狩り〉だよー？」

「……うぅ。そ、その呼び名はちょっと……」

〈魔女狩りの魔女〉よりも居心地の悪い呼び名だ。しかし悲しくも否定できない。

クオは気を逸らそうと別の資料に手を伸ばし――

ぴくりと指先が揺れた。

『〈魔女狩り〉欠番　■■■作戦　より　次世代規格案』

「…………！」

資料の表紙に記された名称と六年前の日付、乱雑な黒塗りに目を瞠る。

（どうして、この資料が。だって、あの作戦は、南東では、ない。なぜ、ここに）

凝視する目に力がこもり、藍の色が濃くなっていく。

表紙を見つめたまま動けないクオの肩に顎を乗せていたルカの視線も及ぶ。

「――それも〈魔女狩り〉の資料だね。……『欠番』？　これはきみの知り合い？」

「…………………はい」

クオは色味の消えた表情で、呟くように答えた。

その横顔に何かを感じ取ったルカは一度口を閉ざし、ふと思い出したように顔を上げる。

「……そういえば。ぼくらひとつ大事なことを忘れていたね、クオ」

「……………、え、あっ、すみません。なんですか？」

瞬きを繰り返し、ようやく我に返ったクオの目の前に、ルカは真面目くさった表情で、ぴっと人差し指を立てて見せた。

「もう次の授業、始まってるよ」

「………………。わあああああああ!? そうでしたすみません忘れてましたーっ!」

人気のない教室――の奥にある隠し部屋に、素っ頓狂な声が響き渡る。

それから二人はロッカーの隠し扉を元通りにして、教室へと戻る。化学の実験作業が始まったばかりのタイミングだったので、結局悪目立ちしてしまった。

すでに教室に戻っていたノエルがちらりと一瞥をよこしてきたので、クオは慌てて教科書を盾にして顔を隠すのだった。

第六章　罰の掃除と水浸し

翌朝。クオは教室に向かう前に寄り道をしていた。

昨日ルカと偶然見つけた、空き教室奥の隠し部屋だ。

というのも、ある気がかりが意識の奥に絡(から)まっていたからだ。

（あの資料、もう一度よく見ておいた方が……）

隠し部屋にあった資料は戦時中使用されていたものと思われたが、妙な点がある。

それは——

（ここに〈魔女狩り〉の資料があること自体、おかしいのでは）

〈魔女狩り〉はアビゲイル・ブリューナク大佐が統率する遊軍特殊部隊だ。作戦や状況を受け現地の上官の指示を仰ぐこともあるが、基本はアビゲイルの指揮下にある。

つまり——作戦室で資料を用いて話し合われるような存在ではない。

ましてや『部隊員候補リスト』や『欠番(ヌル)』も含めた過去のデータなど。

それに、『極秘』扱いの戦況事後報告書(デブリーフィング・レポート)は、さらっと目にした限りだが王国軍が〈魔女狩り〉と共同戦線を組んだものが多かった。つまり――

（誰かが〈魔女狩り〉について、調べようとしていた……？）

もう一度、詳しく見直した方がいいのでは。

そう思い、隠し部屋に入り込んだクオは――

「…………………………あれ？」

茫然と、呟く。

――昨日、確かにあった〈魔女狩り〉の資料が、机上から忽然と消えている。

「あれ？」と、もう一度口にして周りを見直す。壁に貼られた地図やグラフは配置も内容も昨日のままだ。ただ、机上に積まれていた資料だけがごっそりなくなっている。

（持ち去られた……？　それなら、ということは、つまり――）

ここは、戦時中だけ使われていた過去の空間ではない。

今も何者かが使用している、ということに――

「資料がなくなってたの？」

「……はい。昨日、あの隠し部屋で見たものが……」

授業中、クオは潜めた声で今朝の隠し部屋でのことを手短にルカに話した。

幸いにも一限目の授業はやたらと声を張り上げる男性教員ロイド・フラーグラムによる言語学だ。教科書で口元を隠していれば、後ろの席の私語はそう気付かれない。

「……あの部屋にあった資料が〈魔女狩り〉志願者の生体データや〈魔女狩り〉が関わった戦地資料だったことが少し気になって……詳しく見てみようと思ったんです、けど……」

「それが忽然と消えていたと」

「はい……」

「ふーむ。この学園に、現在進行形で〈魔女狩り〉のことを調べてるヒトがいるわけか」

クオは小さく頷いた。

学園の隠し部屋に集められていた〈魔女狩り〉の資料。

クオの特務と関わりがあるのか。それとも別の状況が秘密裏に動いているのか。

「この間、ぼくが感知した魔力反応も関係あるのかな。あれも学園内だったし」

ぽつりとルカが口にした言葉に、クオははっとした。

ルカの「探しもの」である魔力の源の発生。確かにそれも、この学園で表沙汰になっていないことのひとつだ。奇しくも魔力を持つ存在という共通点がある。

「！　それなら、もしかしたら関連も、」

「なにを喋っておるかあああああ！　クオ・アシュフィールドぉッ！」

突如、教壇からの一喝が教室に轟いた。

耳を劈く大声に生徒たちが一斉に顔をしかめるが、当のロイドは怒りの形相でクオを睨みつけている。

「クオ・アシュフィールド！　この私の授業中に私語とは、失礼千万な態度だな！」

「…………っ、ひえ、わ、あの……すみません……っ」

顔面蒼白、声を凍り付かせるクオに、ロイドは鋭く指を突きつけた。

「弛んでおるッ！　軍属だったか知らんが、そんな態度は社会では一切通用せんぞ！」

鋭い声の直撃に、クオがびくーっと震え上がる。

周りの生徒たちはひそかにクオへ同情を寄せていた。

（ちょっと喋ったくらいで何言ってんのアイツ）（いちいち大げさだよねー……）

が、クオからすればロイドの一喝は「普通の生徒失格」の烙印を押されたようなものだ。

「……！　すすすすみません」

ますます震えるクオ相手に、ロイドは勝手に過熱していた。

「どうせ授業の内容も頭に入っていないだろうッ！　王国言語史三書を言ってみろ！」

「『王国史』『サン・ロクワイス』『勇帝智書』、です」

「七賢国(セプトルド)時代に普及した聖典は！」

「『サン・ロクワイス』です」

「……その普及当時、不全図書とされていたのは！」

「『アルト・サミュエラ』です。内容を聖典に寄せる一方で虚構箇所が多く、紛らわしい知識が社会混乱を招いたため、です」

「…………」

それまでどもっていたクオによどみなく即答され、ぐぬ、とロイドは押し黙る。

知識は並み以上に備わっている。〈魔女狩り〉の部隊員はボスの意向により、基本教養がしっかりと施されているのだ。クオも既存の情報ならきちんと喋れる。

静かになったので、クオがほっとしたのもつかの間。

「答えれば済むと思っているのかあああああああ！」

「ひえ、えええええっ」

怒声の再直撃に、クオが泣きそうな声をあげる。

ロイドは槍(やり)でも刺すようにクオに指を突きつけ、

「そういう生意気な態度がなっておらんのだッ。根性をもっと鍛え直せクオ・アシュフィールド！

罰として放課後の中庭掃除を命じる！」

やり込められなかった生徒に理不尽極まりない説教と罰まで言い渡す。

もはやただの暴挙だった。

（うーわマジ最悪……）（サイテーだよロイドの奴……）（かわいそすぎるよクオちゃん）

生徒たちの気の毒そうな視線がクオへと寄せられる。と。

「掃除したら根性がつくの？」

力の抜けた声が、教室によく響いた。

見ると、薄い笑みを浮かべたルカが、椅子の背もたれに身を預けて揺れている。

「ルカ・エリトリットぉッ！　なんだその態度はッ！」

たちまちロイドが怒号をあげる。ルカの発言と態度がとにかく癪に障ったようだ。

「教員である私に向かってそんな反抗的な発言をして許されると思っているのかッ！」

「まあまあ、そんなに怒り狂わないでよ。反抗じゃなくてただの質問なのにさ」

「そういう態度が問題だと言っておるのだあああああああッ！」

教室に響き渡るがなり声に、とうとう生徒たちが耳を塞ぐ。

ロイドは頭に血の上った赤土色の憤怒の顔面でルカを睨みつけた。

「クオ・アシュフィールドと授業中私語を交わしたうえにその生意気な態度ッ！　ルカ・

エリトリット、まずは年長者に敬意を払わんかッ！」

「年長者、ねえ……」

くす、とルカは呟く。妙に気怠げで老成した雰囲気。

このクラスで、いや、今やこの世界でルカの「年長者」などそう存在するまい。

当然そんな事実を知る由もないロイドは、ルカを差す指を怒りに震わせながら、

「ルカ・エリトリットッ！　お前も放課後中庭の掃除だッ！　その捻くれた心を清めるつもりで励むようにッ！」

一方的に言いつけると、荒々しい筆圧で黒板の板書を再開した。

騒々しい鬼面から解放され、クラスの女子たちがいっせいに「やれやれ」と顔を見合わせ、あるいはルカへ「さすが」といった好意的な視線を寄せてくる。

どやされて凍り付いていたクオも、ロイドを軽くいなして見せたルカの態度を目の当たりにして、恐怖と緊張がすっかり溶けている。

「……」

隣に目をやると、ルカがいたずらっぽく、ちろっと小さく舌の先を出して見せた。

その日の放課後。

クオとルカはさっそく中庭の掃除に勤(いそ)しんでいた。

制服は汚れそうだったので、二人は体操服に着替えている。

クオとしては体育の授業よりも先に、罰の掃除で袖を通すことになってしまったが……身軽な格好で作業に取りかかっている。

中庭は開校してからも放置されていたようで、ずいぶん荒れ果てていた。花壇を侵食した雑草が歩道も埋め、奥にある噴水は澱(よど)んだ水が臭い出していたほどだ。

「かくれんぼでもするー？」

と、茂みで遊ぼうとするルカを引きとめ、二手に分かれての掃除となった。

クオは中庭全体のごみを手際(てぎわ)よく掃き集めていた。集めた枯れ枝は伸び放題の蔓(つる)を使って縛り、落ち葉と雑草の山のふもとに積み重ねていく。

散らかっていた歩道がだいぶすっきりしてきたところで、

「ふうー、一丁上がりだ」

中庭の奥から、デッキブラシを片手にしたルカの満足そうな声がした。

噴水台の水を抜いて、苔(こけ)のへばりついた内側を磨き終えたところらしい。

派手に動いたようで、裾を絞った体操服や髪まで濡(ぬ)れている。

「あ、あの……ルカ……」

クオはそろそろと噴水の方へ歩み寄った。本当は掃除の前に言おうか迷っていたことがあったのだ。

「きょ、今日は、すみません。わたしのせいで、ルカまで掃除をすることになって」

「ええ？」ルカはきょとんと目を見開いた。

「もしかして、さっきからそんなこと気にしてたの？」

「ふぇ、は、はい……ですがその、申し訳なくて……ルカの探しものもできないですし、」

「きみが謝ることとなんてないよ。ぼくが勝手に言って怒られたってだけだし、」

「でっ、ですが、」クオはルカを遮って一息でまくしたてた。

「教員殿に目をつけられてしまったらルカは学園に居づらくなってしまうのでは、そうなると人に紛れようとしているルカの目的が果たせなくなるのでは、と、思って……」

「…………」ルカは見開いた目のまましばし固まり――

「ぷふっ、ぷはははははは！」

花咲くように、無邪気な笑顔を弾かせた。

「クオってば――きみは愚かだねっ」

「え……えええっ？」

嬉しそうに言われて、クオはとまどい立ち尽くす。

ルカは構わず、喜びをかみしめるような、しみじみとした笑顔で、

「そんな真剣に、ぼくのこと心配してくれてたなんて」

「あ、あの、それはその——」

「ありがとうクオ。でも、ぼくこれまで割と上手くやってきた方なんだよ?」

そう言って、心の奥底が読み取れない不思議な薄い笑みを見せた。

「ここそこやってくより、ある程度の愛嬌（あいきょう）も使いようなんだ」

「そ、そうなんですか……」

「まあ匙加減（さじかげん）は必要だけどね」

さらりと人付き合いの極意を聞かされた気がして、クオはそれ以上何も言えなかった。

ルカは磨き終えて綺麗（きれい）になった噴水台から軽やかに出ると、手近の蛇口をひねった。

真ん中にある簡素な台座から水が噴き出て、内部がじわじわと水に浸っていく。

「ふうん、やっぱり水道は普通に使えるんだ」

「水道……？　あ、たしかに、そうですね」

噴水台を覗（のぞ）き込みながら、クオも水の噴出口に注目する。

中庭の荒廃ぶりから、水道管も使い物にならないかと思いきや、綺麗な水がちゃんと通

り、噴水台を順調に満たしている。

「マルグリット先生は、本館以外は設備が不十分だとおっしゃっていましたが――」

水道管や電気設備が不十分で今は本館しか使えない、という話を編入初日の学校案内で耳にしていた。

クオは編入前に把握していた情報も思い出した。ウルラス学園は本来敷地内に寮宿舎があるのだが、同じ理由で使えないため市街地の宿を借り上げて寮生を住まわせている。

まるでインフラ不備を理由に、本館以外に人々を立ち入らせないかのようだ。

「何か機密事項があるんでしょうか。戦時中この学園は軍事施設でしたし、王国軍が……」

そういえば、本館にあった隠し部屋は、今も使用されている形跡があった。

今もこの学園には、軍の気配が残されている……？

「まあ、噴水を綺麗にできたからいいんだけどさ」

何かがありそうで、でも見えない――思案に沈み埋もれそうになるところを、ルカの気楽な声が中断させた。

「軍のヒトが難しいこと考えてても、ぼくには関わりないもん」

人一倍察しのいいルカだが、この件は食指が動かないらしい。

クオは心配そうな目で、口をもごもごさせた。

「そうです、けど、軍の関連なら、ルカは気を付けた方がいいかも、です」

「軍の――ああ、それできみはノエルの秘密の素性を、ぼくに教えてくれたんだね？」

「あ、えと……それは……」

たしかにクオは『共犯関係』を結んだその日に早速ルカへ伝えていた。

『自分の監視役として学園に編入するノエルのこと。』

『ノエルは〈魔女狩り〉の隊員であるということ。』

――どれも表向きには秘匿されている重要事項だ。

「ルカは魔女なので……軍は危険だと思った、ので……」

軍人の中でも〈魔女狩り〉は魔女討伐に特化した特殊部隊だ。魔女を見れば呼吸するように討つべしと厳命されてきている。

魔女(ルカ)にとって〈魔女狩り〉は軍の中でもとりわけ危険な存在なのだ。

だからルカへ、ノエルには気を付けておくようにと伝えた。

そう考えると――自分は〈魔女狩り〉失格だ。

魔女を討たず、魔女に危険の警告まで与えてその身を心配するなんて。

それでもクオは今も、ルカが魔女だと知った瞬間に討たなくてよかったと思っている。

ともだちになろう、と言ってくれたルカを。

魔女だからという理由で機械的にあの場で殺したら。

自分はきっと、本物の兵器になっていただろう。だから――

「クオ、やっぱりきみは愚かだね」

ルカはしみじみと、口にした。

「秘密を守るだけで充分なのに。ぼくにそんな大事な情報をくれるなんてさ」

そう言った彼女のやわらかい笑みに、クオは――なぜだろうか、切ないものを感じた。

魔女から疎まれ、人とも関わらず、ずっとひとりでいたルカ。

愛嬌を絶やさない一方、学園でひとり気ままに行動しているのは、魔女でありながら人に紛れて生きることにした彼女なりの処世術で、人間との距離の取り方なのかもしれない。

それは自由なようで、途方もない孤独が漂う生き方――のような気がした。

ルカの薄い笑みからは、本当のこころのほどは読み取れないけれど。

「ルカ、そのあの、ノエルの情報のことは秘密で、お願いします」

「いいよ」簡単に答えると、ルカはふいっとクオの顔に寄ってささやいた。

「秘密は守るよ――ぼくら、ともだちだからね」

「あ……えと、そ、そうなんです、か……？　えっと……」

近付いた笑顔に面映ゆさを感じて、クオはさっと顔を伏せて口ごもってしまう。

「もう。なんだよー、急によそよそしいんだから。ちぇー、だよ」

ルカは拗ねた声で、ぴょんと噴水台をまたいで中に飛び込んだ。

ばしゃんっ、と中に溜まってきた水が派手な音をたてる。

ルカはさらに水を蹴り上げてきた。飛沫がクオの顔にまで飛ぶ。

「っひゃあ!?」

「ぼくに堅っ苦しいこと言うと——こうだぞっ」

上半身を屈めると、噴水台に溜まってきた水を両手で掬ってぶちまけてきた。

「わああ、ひゃあっ、ルカっ、まってください……!」

ルカは全身を使って、びしょ濡れになりながらクオに向かって大量の水を浴びせてきた。

よく見たら、靴のまま水に入っている。

「ぷぁっはははっ、掃除したばっかりだから、綺麗な水だよっ」

「そういう問題では——あっ」

「おっ——と、」

水で重たくなった靴に足を取られて、ルカがその場でよろけた。

クオが慌てて飛び出し、転ぶ寸前のルカを抱き留め——

二人して水の中に倒れてしまった。

「…………………あ」「…………………ふっ、」

クオとルカは、頭から足までびしょ濡れになった互いを見て――

「あ、はははは……」「ぷふっ、あははははっ」

気付けば明るい笑い声を、溶け合わせていた。

ここまで全身ずぶ濡れになると、いっそ開き直ってしまう。

クオとルカは水場に入ったまま濡れた身体をぶつけ合ったり、蛇口から出る水を手で押さえて相手に向けて浴びせたりと、子どものようにはしゃいだ。

「……ぷははっ、大暴れしちゃった。雨でもないのにずぶ濡れだー」

ルカは噴水から出ると、笑いながら靴を脱いで中の水をだばーっと流す。

「ああ、はあ、そうでした、身体も拭かないと、です」

クオはふにゃりとした笑顔でシャツの裾を絞った。中の下着まで濡れてしまっているものの、楽しかった瞬間の余韻でくすぐったい気分になる。

ルカは全身から雫を滴らせながら、噴水台の縁に腰掛けのんびりと空を仰ぎ見た。

「ま、そのうち乾くでしょ」

「そんな、風邪ひきますよ、ルカ」

「ひかないってー。免疫力下がるほど魔力が不足するなんて、ここ何百年ないもん」

「そ、そうは言ってもびしょびしょなので……」

「じゃあクオの下着から乾かそっか」

「っひゃうわあああっ、し、したっ、下着取らないでくださいーっ」

「シャツ来たまんま下着だけ脱ぐやり方があるんだよ。こらこら、クオじっとして」

「そんなっ脱げたらこまるので……っ、へぅ、ひゃあああ」

「……何してんだ、あんたら」

「！」「おやおや、ノエルだ」

シャツの下をまさぐられて腰砕けになっているクオと、その身体に腕を絡ませたルカの視線の先に。

仁王立ち姿のノエルがいた。

仏頂面でこちらを見る目は、どこか脱力して呆れているような色味がある。

「掃除してたんじゃねーのかよ。何遊んでんだ」

「あ、ひょえ、ノエルっ……これはその……あ、遊んでいました……すみま、ふぶっ」

不意に顔を覆った柔らかいものにクオが呻く。手にとると、それはタオルだった。

「早く乾かせよ、風邪ひくだろ」

ノエルはぶっきらぼうな口調で、ルカにもタオルを投げてよこした。

「あれあれノエル、今日はクオとケンカしなくていいの？」

受け取ったタオル越しにルカがにんまりしながら問う。

「水でふにゃけてるクオなら勝てるかもよ」

「万全じゃない先輩相手に勝負なんてしねえよ。そんなんで勝っても意味ないだろ。……て、紙っきれじゃねーんだから水でふにゃけるか」

「仁義があって律儀なコだねえ」

「うるせえ、やっぱなんだおまえは！　もう風邪でもひいてろ！」

ケンカの一言にぎくりと硬直していたクオがほっとするのもつかの間、

（て、ルカ……ついさっき、〈魔女狩り〉には気を付けた方がって話を、したのに……）

内心はらはらするものの、へらつくルカに歯を剝いて唸るノエルの様子は仔犬のじゃれあいじみていて、のどかだ。気が抜けてぼーっと眺めていると、

「――へぶっ？」

「あんたもぼーっとしてないで、身体早く乾かせよな」

手にしていたタオルを乱暴に取ったノエルが、わしわしとクオの頭を拭き出した。

「す、すび、すみません……余計な、ご心配を……」

「言っとくけど勘違いすんなよ。あんたが中庭掃除してるのを監視中だった班員から『先輩がふざけ出してる』って報告があって見に来ただけだよ」

タオル越しに、こちらの耳にしか届かない声量でぼそりとノエルが告げてきた。

「暢気に水遊びしてるし……このタオル、医務室の借り物だからな」

「あ、わざわざ……すみません」

「ふん、〈スクルド〉の監視に隙なんてねーんだよ。班員がどこにいるかも悟らせないぜ。完璧な監視任務のために、あいつらは徹底的に気配消して潜伏してるからな」

……実は本館屋上にいる班員と思しき二名の監視には気付いているのだが、クオは黙っておくことにした。

ノエルは凄んだ口調で聞かせてくるものの、クオとルカが風邪をひかないように、わざわざタオルを持ってきてくれたことに変わりはない。

（ノエル……ケンカのときはこわかったですけど、ほんとは、こわくない……？）

タオル越しに見つめていると、ノエルが鋭い眼差しでじろっと見てきた。

「ひえ、」

「ぼさっとしてんなよ、先輩」

聞くだけで背筋がぴんとしそうな凛々しい声とともに、手元からゴミ袋を取り出した。

「掃除がまだ途中だろ。放課後も終わるし、早くそこのゴミと落ち葉片付けるぞ」

「わ、はい」

「やったー、手伝ってくれるんだノエル。たすかるー」

へらへらした口調で喜ぶルカを、ノエルはへの字口で睨む。

「おまえに礼なんて言われても、なんか癪に障るんだよな……」

「っわぁーっ、る、ルカっ、ブラシとかっ、掃除道具の片付けお願いしますっ。ここはわたしとノエルがやりますのでっ」

一触即発——とまでは言わないが、なんとも不穏な気配にクオひとりが慌てる。

こちらの心配をよそに、気楽な足取りでルカが掃除道具を片付けに中庭を出ると、クオはこっそりほっと息を吐き、いそいそとゴミや落ち葉を広げた袋に詰め込んだ。

「——あいつとは、編入初日からつるんでるんだな」

「ひゃ、い、はい、そうです……」

ぽつりとノエルに問われ、落ち着きない反応とともにクオは頷いた。

ノエルはルカに不審な点でも感じたのだろうか、あわあわと早口で取り繕う。

「初めて会った時から、親切にしてもらいまして、ルカはいいひとで、その……」

「べつに、あれこれ探ろうって気はねえよ。あんたは楽しくやってんだろ」

「あ……はい。問題なく、『普通の生徒』としての任務を――っ」

クオの言葉が不意に途切れた。右掌(てのひら)に鋭い痛み。

「あ」

見ると、掌が大きく裂けていた。ゴミの中にガラス片が混じっていたらしい。

動揺を抑えようとしていたら、手元の意識がすっかり疎(おろそ)かになっていた。

とそこへ。

ぷっぷー、と暢気なハーモニカの音とともに、

「掃除道具片付けてきたよー」

ルカがのんびりとこちらにやってくる。

ノエルはポケットからハンカチを取り出すと、素早くクオの手をとった。

「隠しとけ、一般人に『血』を見られるぞ」

「あ……っ」

クオが目を白黒させている間に、ノエルはその掌をハンカチで覆い隠した。

〈魔女狩り〉の血には、魔女の亜種としての力がある。多少の傷なら修復できるのだ。

現にクオの裂傷も、赤い血が蠢いて傷口が塞がれようとしていた。魔女の〝万能の黒血〟ほどの修復速度ではないが、一目で人ならざるものだとわかる光景だ。

「す、すみません……」

「いいからよ」

ノエルはそれだけ言って、ハンカチをきゅっと結ぶ。

（や……優しいです、ノエル……ぜんぜん、こわい人じゃなかった……！）

クオが感動すら覚えていると、ルカが気付いて二人を覗き込んだ。

「おやおや、ケガしちゃったんだ、クオ。大丈夫？」

「あ、は、はい。ノエルがハンカチを……」

「そっかあ。甲斐甲斐しいコだねえ、ノエルって」

ルカのからかうようなニンマリ笑顔に、ノエルがたじろぐ。

「な、なんだよニヤニヤしやがって。こっち見んなよ」

「ふふー。ぼくも水掃除で指先がカサカサだよー。なんかおくすり塗ってよ母ちゃん」

「だれが母ちゃんだ⁉」

「タオルもくれてハンカチ巻いてくれるヒトって母ちゃんって言うんでしょ」

「違えよ、なんだそのざっくりした判定！　テキトーすぎんだろ！」

「母ちゃん、そんなガミガミ言わないでー」

「だから母ちゃんじゃねえし！」

ルカに迫るノエルの剣幕に傍で気圧されたクオが、慌てて口を開いた。

「かぁ……ノエルっ、おち、落ち着いて……」

「今あんたも『母ちゃん』って言いかけたろ⁉」

「ひえぅわあ、すみ、すみませんーっ、つ、つつつられて……っ」

真っ赤な顔をしてつめ寄るノエルに、クオが悲鳴じみた声をあげる。

それを見て、ルカがお腹を抱えてけらけらと笑い転げた。


『普通の生徒』として生活する――

そんな任務にクオが自分なりのやりかたを見出してきたころ。

ウルラス学園に王国軍の一団が『ある調査』のために来校した。

そこには軍幹部で〈魔女狩り〉の上官であるアビゲイル・ブリューナク大佐もいた。

第七章　隠しごと　と　居場所

クオが気配を感じ取ったのは、教室で授業を受けていたときだった。
視覚はもちろん、音や匂いすら感知の範囲外。
それでもクオは確実にそれを感じ取った。
厳かで、冷たくて、静かで、鋭くて――懐かしい。
その人物の気配を。

「…………」

授業が終わってからもクオは動けなかった。
感知したものはすでに確信に変わっていた。見ずとも判る、唯一の気配。
ボスが、学園に来ている。
（どうしてボスがここに……？）
途端、クオの脳内をあらゆる状況と可能性がすさまじい速度で巡る。

自分の特殊任務、先日のテロリスト襲撃関連、辺境治安平定の遠征もしくは——

魔女の残党討伐のため……？

いずれにせよクオがもっとも避けるべきこと、やるべきことは決まっていた。

ボスの目にルカの姿をふれさせるわけにはいかない。ルカを、隠さないと。

だが、下手な逃げ隠れや小細工など、あのボスには通用しない。

ここは自分から彼女のもとへ向かった方が確実だろう。

自分を囮に、ボスの注意を引く形で——

「クオー」

横の席からルカが声をかけてくる。

が、クオは時間が止まったかのように固まったままだ。

「……」

「クオクオー、おーい、ぼくここだよー」

依然として無反応のクオ。

そこでルカはポケットからハーモニカを取り出すと「びゃー！」と強めに吹いた。

「ひゃわあっ⁉」

ようやくクオがびくーっと反応する。

見開いた目で傍らに焦点を合わせると、ルカが唇を尖らせていた。

「やれやれ、やっと気付いた。ぼくずっと呼んでたんだよー？」

「る、ルカ……ハーモニカは呼び笛じゃない、ですよ」

「そんなことより、どうしたのクオ。悩みごと？」

ルカが人懐っこい笑みを寄せると、クオは意を決した表情で向き合った。

「……ルカ。教室にいて、しばらく動かないでください」

「……。何かあったの？」

いつになく深刻なクオの目に、ルカの薄い笑みが鳴りを潜める。彼女をその場に留めるように、クオはルカの細い肩に両手を添えた。

「今、ボスが学園にいるんです。用件は不明ですが、ルカはわたしに近付かないようにしてください」

「軍のヒトってこと？　それなら大丈夫だよ、ぼくがそう簡単に正体バレるなんて――」

ルカの言葉を、クオは首を横に強く振って遮った。

「お願いです、ここにいてください。あの人がルカを見たらきっと判ってしまう、ので」

「……？」

ルカは訝しそうにするが、詳しく話している時間はない。クオはもう一度「お願いします」と念じるように言って教室を去った。

もうすぐ次の授業だ。突然教室を飛び出したクオにノエルも気付き、耳元に手を添えて小さく呟いている。屋上で監視中の班員に通信伝達をしているのだろう。

だがクオはかまわず廊下を駆けた。

ルカは、自分を教室に留めたクオの必死な表情を受け止めたまま、無言だった。

その姿を求めるのに、学園を探し回る必要はなかった。

静かな気配はたしかにそこにある。糸で手繰り寄せられるように、クオは迷わず向かう。

彼女がいたのは中庭だった。

噴水や歩道は掃除が及んだものの、花壇はまだ雑草にまみれている。荒廃と再生が綯い交ぜの庭でひとり佇むその軍服姿は、さながら芸術絵画のごとき威容を誇っていた。

リーゼンワルド王国軍遊撃隊・特殊部隊大佐――アビゲイル・ブリューナク。

クオがこの世で誰よりも何よりも目にしてきた存在だ。

「ボス、」

「敬礼はいい。先日この学園を襲撃したテロリストを手引きした者の目星がついた」

「――では内通者がこの学園に？」

駆け寄ると、アビゲイルは前置きもなく自身が携わっている調査の件を切り出した。クオも慣れたもので、よどみなく応じる。

「この学園の校務員として勤めていた男だ。だがテロリスト襲撃の数日前から行方をくらましている。奴が小銭稼ぎに売っていたとされる『学園に秘匿された軍事兵器情報』の物証も見つからずじまいだ」

アビゲイルが進めているテロリストたちの動向調査は大詰めの段階らしい。

しかし肝心のきっかけ――学園に秘匿されている軍事兵器の情報源が存在ごと消えている、という。

「確かに、テロリストもこの学園に兵器があることは確信しているようでした」

クオは人質救出の折の、テロリスト同士の交信内容を思い出す。

『――間違いない。奴の情報は本物だった』

この学園には兵器がある、と断定しているからこその大胆な襲撃だったはずだ。

それほど核心に迫った情報を与えた人物が、物証ごと行方知れずとは――

「この学園理事のマクミラン・アロンダイト少将にも校務員の捜索依頼をしたが、あまり期待はできない」

「それは――校務員がすでに逃走済みということでしょうか」

「いや……」アビゲイルは珍しく、何かを思うように一瞬目を横にやって嘆息した。

「力ずくではままならない相手もいるというだけだ」

「……？」

クオは意外な心地でアビゲイルを見つめた。

戦場では最速最短で最適な判断を下し、〈魔女狩り〉を始め多くの軍人を導いて来た大佐に、手をこまねくような状況があるなど思いもよらなかったのだ。

「あ、あの、ボス……なにかお困りでしたら、わたしで、できることでしたら……」

「不要だ。お前の手はすでに借りている。テロリスト襲撃時に人質を救出したらしいな」

「！　は、わ、さささささようです、はい……」

任務初日、危うく処分されるところだった一幕を思い出して気まずくなる。

「で、出しゃばってしまいましたが、アロンダイト少将殿に仲立ちいただき、お咎(とが)めなしとの判断をいただきました」

「そうか。たしか、〈スクルド〉の監視を追加したのも少将だったな」

「あ、はい。班長の方とは、同じクラスになっております」

「ノエルだな。好戦的に見えるが根が真面目でまっすぐな娘だ。悪いようにはならない」

「はいっ。昨日も、こわくなくて、優しい方でして、その——……」

はっとクオは口ごもる。自分の下手な意見が、ノエルの評価に影響しないかと不安になってしまったのだ。自分の感想なんて、この特務には必要ないはずだし——

だが、アビゲイルは特に気にすることもなく、

「そうか」

それだけ言い中庭に視線を巡らせた。静謐な眼差しから読み取れるものはほとんどない。

「『普通の生徒』として、順調に学園生活を送れているようだな」

「そ、その点は……おそらく、ですが」

クオは編入してからの数日を脳裏で反芻すると、自然と口にしていた。

「楽しく、できております」

「……そうか」

今まで聞いたことのない、安堵を帯びた声音だった。クオが不思議そうに見つめていると、アビゲイルがすっとクオの胸元に手を伸ばした。

細長い指先が、少しよれていた制服のリボンタイを綺麗に正す。

「居場所は見つかったか？」

アビゲイルはそっと問うた。

「幹部連中の煩わしさはいなめないが、この任務はいい機会だと言っただろう。戦争の終

わったこの国のどこかに、お前の居場所があればそれでいい」

「………………」

クオは息を呑んだまま、アビゲイルを見つめた。


――それは、長く果てしない魔女との戦争でのことだった。

『クオ、命令だ。魔女を斃せ』

何百、何千と耳にしてきたボスの命令が、その日も通信機で下される。

「ボス――」

いつだったか、命令のままひたすらに魔女を討伐し続けていたある日。

魔女を斃した後の灼けた灰の世界の中で、クオはボスに問うていた。

「ここは、どこでしょうか?」

『……』

何百もの魔女と戦い、斃し続けているうち、突然。

ここが何処だか分からなくなってしまった。

「わたしは、いま、どこにいるんでしょうか?」

クオはひとりで戦場に在りすぎたのだ。

魔女と戦うために。魔女を斃すために。

なぜなら『あのとき』に決意したから。

魔女をすべて、必ず、討ち斃すのだと。

自分にできるのは魔女を斃すことだけ。

だから――


ボスは『あのとき』以来、魔女の討伐に明け暮れていたクオを、誰よりも知っている。

『わたしは、いま、どこにいるんでしょうか？』

もしかして、アビゲイルは覚えていて、気に留めてくれたのだろうか。

ただ一度だけ、ふと零してしまった言葉を――

思わずクオは口を開く。

「ボス……もしかして、この任務は、ボスが、わたしのことを――」

「言ったはずだ、『普通の生徒』は軍人を『ボス』とは呼ばない」

「あ、すみません……えっと、ア……、ア、アビゲイル……」

たどたどしく口にする。

ルカやノエルからは敬称抜きで呼ぶよう言われたやりとりがあったので、今回は思い切って名前をそのまま呼んでみた。

しかし気まずくなって俯いて――おそるおそる、上目遣いで見ると、アビゲイルは特に気にする風もなく小さく頷いた。

「――友人は作れたのか？」

「……！　へ、う……!?」

「特殊任務と直接関係ないが『友達でも作れ』と言っただろう」

何気ない問いに、クオはこれ以上ないほど動揺していた。

すぐに思い浮かんだのが――ルカだったからだ。

「あ……は、い……はい、いえ、いやあの、はい……」

否定はできないが、安易に肯定もできない。

万が一、アビゲイルに紹介する流れにでもなれば――

それこそクオが今一番回避したかった状況になってしまう。

珍妙な受け答えを取り繕おうと、クオがぱくぱく口を動かした矢先。

「クオクオー」

ぷーふぁー、と、暢気な声とハーモニカの音が校舎の上の階から投げかけられた。

「次の授業、自習になったってよー」

見上げたクオの視線の先で、ルカがのんびりと窓から手を振っている。

「…………‼」

クオが戦慄する。目の前で、声の主を見ようとアビゲイルが振り返ろうとしていた。

「アビゲイルっ！」

クオは叫ぶように名前を呼ぶと、その胸に勢いよく飛び込んだ。

自分から人に抱きつくなんて、人生で一度もやったことがない。それでもルカを彼女の視界に入れないための、必死で咄嗟の行動だった。

「……！」

突然のことに、アビゲイルも少し目を見開いてクオを見る。

「わ、わたし、この特殊任務を必ず、果たしてみせますっ」

彼女の身体に顔を埋めながら口走ったのは――

嘘でも取り繕いでもない、ただの本音だった。

「いっ、一度は拒否してしまいましたが、まだ、人と話すのは緊張しますが、でも、この学園に来ることができてよかったと、思っております、ので。わたしに『普通の生徒』として通うという任務を与えてくださったこと、たいへん、感謝しております、ので、その……」

つっかえながらも偽りない言葉を口にすると──

ふ、とアビゲイルの緩んだ気配が腕越しに伝わった。

「礼なら顔を見て言ったらどうだ。報告よりも簡単だろう」

「へぅ、すみません……ですが、思っていることを言うのは、緊張してしまい、その……」

今さらながら照れや恥ずかしさが湧いて、身体がそのまま硬直する。

アビゲイルは抱きついた状態のクオを特に振りほどくことはなかった。

「大佐殿」

と、静かな声が中庭に通る。いつの間にか出入口には眼鏡の青年軍人が立っていた。

「──お時間が」

アビゲイルは無言で頷くと、クオに視線を戻す。

「クオ、私はもう出る」

「あ……っ、しっ、失礼いたしましたっ」

慌ててぱっと懐(ふところ)から離れると、アビゲイルは真紅の静かな目で直立姿勢のクオを見る。

「私は〈魔女狩り〉の身内という理由でこの特殊任務には関与ができない。監視以外の厄介な干渉も今後加わってくるだろうが――上手くやるように」

「御意」

反射的に敬礼をしそうになって、慌てて手を押さえる。

アビゲイルはそれ以上何も言うことなく、踵を返すと中庭をあとにした。

その後ろ姿が見えなくなっても、しばらくクオは動けなかった。

◆

アビゲイルが学園を出て軍用車に乗ると、随行した眼鏡の青年軍人が口を開いた。

「大佐殿が貴重なお時間を割いてまで出向かれることはなかったと思います」

学園を訪れたのは、あくまで先日のテロリスト襲撃の調査の一環だ。

ついでとはいえ、たったひとりの部下のために大佐が直に動いたという事実に、青年は神経質そうに意見した。

アビゲイルは無言で視線をよこすだけだった。

青年はさらに続ける。

「奴(やつ)め、大佐殿に接触する無礼を――〈魔女狩りの魔女〉であろうと銃殺ものです」

彼にしては珍しく感情的な意見に、思わずアビゲイルは失笑した。

「あれは不意を突かれた。相手によっては私が死んでいたが――クオは敵ではない」

「大佐殿の懐に存在するなど……」

青年はその目で見た光景が信じられないように、なおも呟(つぶや)いていた。

戦場でアビゲイルの戦闘を一度でも目にした者なら、彼と同じように呻(うめ)くだろう。

〈雷浄(ルーメン)〉の武器捌(さば)き、こと近接戦闘において、人類でアビゲイルの敵になる者は存在しない。車内に同席する側近のみならず、彼女を軍神と崇(あが)める者は数多い。

〈魔女狩り〉の部隊員に戦闘技術を授けたのもアビゲイルだ。魔女の血の力を得たとはいえただの少女を戦士に仕上げた、文字通り〈魔女狩り〉の生みの親なのだ。

そんなアビゲイルの不意を突いて、抱きついてみせるなど。

「……心臓の音が聞こえる位置だったな」

窓の外を流れる景色を目に映しながら、アビゲイルは誰にも聞こえない声で呟いた。

◆

立ち尽くすクオに、中庭まで来たルカがゆったりと歩み寄ってきた。

「おーい、クオ。聞いてたー？　自習だって。堂々とサボれる時間だよ」

「…………ルカ、教室にいてくださいって……わたしに近付かないでくださいって……言ったじゃないですか……」

クオの声は低く、煮え立つように震えていた。

ルカは軽く頷く。

「うん、でもさ、クオがあのヒト相手に困ったことになってるのかなと思って。助け船のつもりだったんだけど、」

「ばかっっっっ！」

張り上げた声が中庭にこだました。

驚いて固まるルカを、クオは力をこめた目で睨む。

「どうして、どうして、出てきたんですか！　声なんてかけてきて！　それだけでも気付かれていたかもしれないんです！　もしルカのこと、見られていたら――……！」

小さく顎を震わせながら、クオは言葉を吐き出した。

「ルカは、殺されていたかもしれないのに……！」

怒りと恐怖と、ルカのことを隠してやり過ごせたという安堵が入り乱れ、ついにクオの目からぽろっと涙が一粒零れて落ちた。

「クオ……?」

「ボス――アビゲイルは、わかるんです。戦争中、人に化けた魔女も一瞬で見抜いた、どんな擬態からも魔女だけを見出して討てる、だから――ルカを見た瞬間も、きっと魔女だと見破ってしまう……!」

容赦なく魔女を屠ってきたその姿を、クオは長く、間近で見てきた。

その光景に、ルカが加わる――想像しただけで怖くなる。

クオは頭を抱え、怯えるように身体を縮めると、声を震わせた。

「魔女だと判れば、アビゲイルは必ずルカを殺します、そういう、命令を下します。わか、わかってるんです。『あのとき』も、それしかない、最善の判断だったと、」

「……クオ、」

「でも、わ、わたしはもう、仲間を、ともだちを、殺したく、ないんです……」

そのまま小さく小さくなって、消えそうになるクオをルカは両腕でしっかり抱き留めた。

「ごめん。クオ、ごめんね。ぼくが軽率だったよ」

嗚咽を堪えて震える肩をルカは強く抱き寄せた。

そうして――ふっと目を伏せる。

「そうか、〈魔女狩り〉の……クオが知り合いって言ってた、『欠番』ってコたちのことだね」

隠し部屋で偶然目にした資料の単語を、ルカは記憶していた。クオは小さく頷く。

「……はい」

それは、初番と次番の間に存在していた世代。

そして――今はもう一人もいなくなった。ゆえに〝欠番〟となった存在。

僅かな情報とクオの反応をもとに、察しのいいルカは悟ったようだった。

深い罪悪感とともに、クオは口にする。

「あのとき、」――仲間だった、大切だった、あの子たちを――

「わたしが、みんな、殺しました」

第八章　少し昔の話　と　ためらい

六年前の『あのとき』。

クオが立っていたのは「焼夷の魔女」との戦いが終わった戦場だった。

すべてが燃え尽き真っ黒になった平らな大地。

鼻腔まで焼けそうなほどの燻された大気。

壮絶な戦いを制したのは、この日戦場に初投入された十三名の〈魔女狩り〉たちだった。

今はみな、クオの目の前で血まみれになって倒れている。

背中が割れた者、手足がちぎれた者、口から血を吐き、目や耳から血を流す者——

大物魔女との戦闘負荷が制御を超え、〈魔女狩り〉の力を暴走させてしまったのだ。

瀕死の身体からは、緋闇の色を帯びた瘴気が零れ出ている。

『クオ、命令だ。魔女を斃せ。残存する者は魔女とみなされた』

今までと、あまりにも変わりない声でアビゲイルが耳元の通信機から命令を下す。

「…………」

同じ〈魔女狩り〉を、自分の仲間たちを、魔女として殺す。

それがクオに下された命令だった。


「わたしは、命令を実行しました」

『あのとき』のことを語るクオは、はっきりとそう言った。

自習となった授業時間。中庭の噴水の縁に座る二人の周りには風もない。

誰もいなくなってしまったかのような静かな空間に、クオの言葉だけが鮮明だった。

「あの命令が『あのとき』必要だったことは、理解しているんです」

瀕死の〈魔女狩り〉たちから流出していた制御不能の瘴気の中、十三体の「魔女」を瞬時に葬ることができるのはクオだけだった。

その時の最善手段――だが、命令を下したアビゲイルも決して本意ではなかったはずだ。

クオと同じく、精製された魔女の黒血を身体に取り入れた初番世代。

彼女らは戦争ですべてを失い、魔女を斃すため自ら志願して〈魔女狩り〉となった十代の少女たちだった。

当時、幼いながら戦いを覚えたクオは、彼女らとは訓練の時から行動をともにしていた。

仲間内で一番の年下だったクオを、みな妹のように可愛がってくれた。

『みんなで力を合わせて、魔女をたおそう――』

そうして結束を固め、クオ以外の初番世代で臨んだ魔女討伐で――

十三人はみな、命を落とした。

魔女を斃すために、決死の思いで〈魔女狩り〉となったにも拘わらず――

魔女として葬られた。

死後も〈魔女狩り〉から存在を抹消され、『欠番』という記号で秘密裏に処理されて。

だが、クオは覚えている。

『クオ、魔女を斃して――』

死を悟った〈魔女狩り〉のひとりから託された、血まみれの言葉とともに。

『戦争を……終わらせるの――』

すべて失った。家族も友人も、大切だったものも手に入れたかったものも。

だが、非力で無力な少女たちにできることはなかった。

ただひとつ、選ぶことができたのは――

『――だから、魔女を……斃さなきゃ………』

その身を魔女の血で浸し、命をなげうって魔女を斃すこと。

戦争を終わらせたい。誰かと一緒に、この世界で、生きていきたい。

それが戦渦にあった少女たちの、命を懸けてでも果たしたい希みだったのだ。

『クオなら、きっと、できる……魔女をたおして………、生きてね………──』

クオはその最期のねがいを叶えるために、〈魔女狩り〉としてひたすらに戦った。

自分にできることは、魔女を斃すことだけだ。だからこそ。

誰よりも、何よりも、数多くの魔女を斃してきた。そのために戦場を生きた。

それが墓標すらなく葬られた彼女たちの、ただひとつの弔いの方法だと信じて。

「それからずっと、魔女と戦って、母体魔女を斃して、……ですけど、でも、戦争が終わったら、わたしにできることは……もう、なんにも、ないです」

──戦後の幹部会議で、多くの者が自分の処分を口にした時も。

クオは気にならなかった。

そうだろうと、納得すらしていた。

魔女を斃す。自分はそのためだけに戦場にいた。戦場で下される命令がすべてだった。

だから──

〈魔女狩り〉としての役割を終えた自分には、なすべきことなど、もう、なにもない。

「そんなことないよ、クオ」

膝に置かれたクオの硬い拳の上に、ルカがそっと手を乗せる。

「もう戦争は終わったんだから」

そう言って、自分の同種族を何百と討ち取ってきた小さな手を優しく包み込んだ。

「クオ、きみはもう『やるべきこと』じゃなくて『やりたいこと』を自分で選べるんだよ。自分のことを。自分のために」

「………………え………………」

未知のなにかを耳にしたかのように、クオはとまどう。

ルカは少しおどけるように笑いかけた。

「ぼくを見てよ。戦争が終わって、ヒトに紛れて生きることにしたって言ったでしょ。ヒトと戦ったり殺し合ったりしない。ヒトに溶け込むためにこの学園にいる。ぼくがぼくのために、勝手に選んで自由に決めたんだ」

「……」

「クオ、きみにもできるよ」

「…………で、でも………」

「ぼくさ、きみの仲間は魔女を斃すためにきみに生きてほしかったんじゃないと思うな」

「え…………？」

思わぬ言葉に顔を上げたクオの手を、ルカはぽんぽんとやわらかく撫でた。

「だってそのコたちは戦争を終わらせたかったんでしょう？　そのためには魔女を斃すしかなかった。だけど、もともとの希みが『戦争のない世界で生きる』ことなら——きっとクオにも同じことをねがったんじゃないかな」

『——魔女をたおして、戦争のない世界で、生きてね…………——』

それが言い遺した言葉なのだとしたら。

かつてともに過ごした仲間の、記憶のなかの面影が、くっきりと鮮明に蘇る。

「……っ」

目と鼻の奥が熱いもので詰まる。クオは堪えるようにぐっと顎を引いて俯いた。

そんな都合のいい考え方、赦されないような気がしたのだ。

自分はこの手で仲間を殺した。そして今は特殊任務のもと生かされているだけの存在だ。

だけど——……。

わたしは選んでもいいのだろうか？

戦争のなくなった世界で、生きること。それから——

「クオ、きみはどうしたいの？」

「……わ、わたし……？」

「きみがしたいこととか、選びたいこととかさ、言ってよ。

きみは真面目で何事にも真剣だから、過去を気に病んだり、偉いヒトの命令を気にしたりしてるんでしょ」

ルカは率直に指摘するが、その声はずっとやわらかかった。

「でも、きみは初めて会った時からぼくのこと助けてくれた、優しくていいコなんだよ」

薄い笑みは、とまどいで小さく縮んでいたクオの心を優しく包み込む。

「なんでも言ってよ。思った通りに行動してよ。クオが選んだことなら、誰が何言おうとぼくは何でも歓迎するからさ。今、何がしたい？」

その言葉に。

「……わたし、は……」

ルカを見ようと上げた目から、ぽろっと涙が落ちた。

「もっと、クラスの方とお話できるように、なりたい、です……会話が、一往復しかできなくて、でも、練習の仕方とか、わからなくて……」

それはあまりに些細で、口にもできなかった悩みごとだ。

でも何とかしたいといつも意識していたので、ここで思わず零れ出ていた。

クオの濡れた目元を、自分の上着の袖でそっと拭いながらルカは微笑んだ。

「なーんだ。最初のころ、『教室は緊張して、とても苦手』とか言ってたけど、嫌いってことじゃなかったんだね。クラスのコとは仲良くしていきたいんだ」

「う、……でもあの……うまくできなくて……なんとか、したくて」

「うんうん。その気持ちがあれば充分だ」ルカは優しく頷いた。

「じゃあ後で、ぼくと一緒に会話の特訓でもしようよ」

「ぁ、はい……ありがとうございます、お願いします……」

「こらこら、堅っ苦しいよ」

　にんまりと薄い笑みで頬をつつかれ、クオはもじもじと俯く。

　それでも――自分のしたいことを思い切って口にして、それを受け止めてもらえて――

　ただそれだけで、すごく救われた気持ちになっていた。

「……あの、すみません、ルカには、助けてもらってばかりの気が、します」

「そんなことないよ。ぼくの方がクオには助けられてるんだから。ノエルとか、さっきのヒトからも、きみが守ってくれていなかったら、ぼくきっと討伐されてたよ」

「いえっ、そ、そんなに大したこと、わたしはなにも――」

「いやいや、クオじゃなかったら、いつ軍に売られてもおかしくなかったもん」

　その気になれば魔女を軍関係者に突き出す機会など、いくらでもあった。

「そんなこと、しないですっ」クオはすぐさま首をぶんぶんと横に振る。

「だって、ルカは、と……ともだちですから」

クオが自分からルカをともだちと呼んだのは初めてだった。

そわそわしながら見ると――ルカはいつもの薄い笑みとは違う表情になっている。

「……クオ、きみは本当に愚かだね」

ルカは静かにクオを見つめていた。

「〈魔女狩り〉なのに、魔女のぼくのことを――ともだちにしてくれるなんてさ」

微笑んでいるのに泣きそうな、そんな表情だった。

「クオにはもらってばっかりだなあ。ハーモニカも貸してもらってるし……あ、そうだ、ぼくからはきみにこれをあげよう」

ルカはポケットから探り出したものを、ひょいとクオに差し出した。

「これは……録音機ですか？」

手渡されたものは、掌に収まる小型録音機だった。

編入初日、クオが〈魔女狩り〉であると自ら口にした場面を録音した、とルカがクオに対し交渉道具として持ち出したものだが――

「………あれ、これ……？」

スイッチを入れると、そこに表示されている録音データ数は「0」だった。まさか。

「ああ、それ何も録音されてないよ」

「…………………え？」

「扉越しのボソボソ声なんて、耳が良いぼくならともかく、そんな安物の録音機で拾えるわけないでしょ。もっと大きい声で喋ってくれないとさ」

「つえええっ？」クオは驚いた拍子に立ち上がる。

「え、でっ、では、あのとき録音済みって言ってたのは、嘘だったんですかっ？」

「嘘っていうか、はったりともブラフとも言うね」

「いい、一緒じゃないですかーっ」

肩をすくめて得意げなルカを、まじまじとクオは見つめ——

ふはっ、と力の抜けた笑いを零した。

「……すっかり、だまされてました」

「ごめんね。なんかぼくだけ弱み握ってるみたいで、悪いなあとは思ってたんだよ？」

二人は顔を見合わせると、小さく笑い合った。

「では、これはもらっておきます」

「ぜひぜひ。お近づきのしるしにってやつだね。そんなのなくても、秘密は守り合える」

クオが録音機をポケットにしまうと、ルカはいつもの薄い笑みを見せる。

「この先も上手くやっていけるよ。だってぼくら、共犯だから」

「……あ……えっと、その……」

その言葉と笑みが含むものにくすぐったさを覚えて、クオは上手く頷けなかった。

実はルカには家がない。

戦争孤児としてウルラス学園の入学手続きをしたときに、別口で寮生の申請があることなど知らなかったのだ。そもそも寮の存在自体、後で知った。

ルカにとっては長年の放浪生活は野宿が当たり前だったし、魔力を使えば身の回りの汚れも瞬時に拭えるので、住居などなくても不便はない。

クオと出会い、「探しもの」のため行動をともにするようになってからも、その日の終わりには「またねー」と適当な挨拶をして先に姿を消して――

学園敷地の木陰や芝生でこっそりと野宿しているのだった。

その日もいつものように放課後を終えた。

「またね、クオ」

ルカはそう言ってクオの前からふらりと姿を消して――人気のない学園を歩いている。

帰り際、クオが遠慮がちに「ルカはもう、帰る時間、ですか?」と尋ねてきたのだが、

「――うん。ちょっと用事があるんだよね」と咄嗟に嘘をついてしまった。

……もしかしたら、一緒に帰ろうと誘おうとしていたのかもしれない。

もしも帰り道をクオと一緒に歩いて、寄り道なんかもして、そのあと、実は自分は寮生じゃなく野宿してるんだと正直に明かしたら、クオはきっと驚くだろう。

その日は自分の部屋に泊めてくれるかもしれない。

寮の手続きをしようと世話を焼いてくれるのかも。

なんだかそれは、すごく魅力的で、素敵な話だと思う。

だけど――

「そんなに、もらってばかりは、やっぱりねえ……」

自分に言い聞かせるように、口に出す。

ヒトに紛れて生きる。

そのために学園に通い、〈魔女狩り〉のコと共犯関係を築いている。

だけど、そのコに助けられたり守ってもらったり。

傷を抱えながらもひたむきな、そのコのことを大切だと思うことは。

いいのかな。

――ふと。そんな思いが芽生えて、気付けばクオに適当な嘘をついてしまったのだ。

ルカがひとり学園の敷地内をあてなく歩いていると、潜めた話し声が聞こえてきた。

立ち入り禁止になっている図書館と部室棟が並ぶ道に、気配がある。

ルカは建物の陰に身を隠した。耳にした声に、いやなものを感じたのだ。

陰から覗き込むと、誰かと向き合っているノエルの姿が見えた。相手の姿はルカからは死角となっていて見えない。

ただ、ノエルの表情は強張っていた。相手は――軍人だろうか。

「――報告には一切の漏れも偽りもありません。先輩は特殊任務を今も遂行して、」

「ええ。聞きましたよ」

ノエルの硬い声を遮るのは、柔らかく、しかし鋭利な男声だった。

「〈魔女狩りの魔女〉はこのまま恙なくこの特務を成し遂せるのでしょう。テロリストを制圧した手腕もそれは見事なものでした。むしろ咎める側が滑稽なほどに。それに、あなたの挑発にも乗らなかったとか。ですが、それはこちらが求めている成果ではない」

ルカは目を細めた。耳にした瞬間「いやなもの」を感じたのはこの声だ。

穏やかで人に聴かせる絶妙な抑揚。しかし耳にじわじわと浸み通るその声音は――

ひどく、不吉だった。

「魔女戦争を終えた王国軍が、いえ、この世界が求めているものを理解していますか？

安寧と均衡による調和です。〈魔女狩り〉はその安寧を脅かし均衡を乱す存在として取り沙汰されています。〈魔女狩りの魔女〉はその最たる象徴なのです。解りますか？」

「はい」

「今世界が、人々が欲しているのは〈魔女狩りの魔女〉の安全性ではない。むしろ『そんな脅威など存在しない』という確たる事実こそが必要とされている。

これは軍人のみならず、かの貴族連盟ですらも共有している認識なのですよ」

「ですが、〈魔女狩りの魔女〉の安全性の証明が、この特務の目的なのでは」

「私が発言を許可しましたか？」温度の失せた声に、

「――！　いえ。失礼いたしました」ノエルの声が一気に慄きで凍った。

色味の消えた表情から、上の者には絶対服従という抑圧が骨の髄まで及んでいると判る。

教室での凜々しさは微塵もなく痛ましいほどだった。

「別件とはいえ、やつがこの学園を嗅ぎ回っていた……あまり猶予はない」

男声は焦燥を滲ませて苦々しくひとり呟くと、

「しかし——この学園内であれば、いかなる事実も既成が可能です。〈魔女狩りの魔女〉が特務に背く行為を犯し、ゆえにその場で処分した——事後であろうと〈魔女狩り〉反対派が確実に便乗し、報告は事実として成立するでしょう。ここまでが『求めている成果』となります」

息を呑むルカの視線の先で、ノエルもまた表情を小さく引き攣らせていた。

〈魔女狩りの魔女〉——クオのことだろう。声の主は、クオが特務に反した行動をとったので処分に至った、という結果を作り出そうとしている。

事実を捻じ曲げてでも——

「この段取りで重要なのが、あなたの働きですよ、〈スクルド〉の班長」

ノエルが見開いたままの目で恐々と反応すると、

「あなたには〈魔女狩りの魔女〉をその場で即時処分しなければならなかった——という状況を作り出してもらいます。学生という皮を被っている立場は適任ですからね」

「……！　あたしを、学生として在籍させたのは、まさかそのために——」

「当然ですよ。戦争孤児くずれの〈魔女狩り〉に、『普通の生徒』の態を与えて喜ばせるなんて、酔狂な真似をするとでも？」

「……っ」

ノエルは目を伏せた。スカートを摑んだ手が強く握りしめられ白くなる。

学園の制服が嬉しくて、自分に似合う丈に調整して袖を通した——そんな浮かれていた自身の心を恥じるように。

「魔女戦争終結から半年ですが、もう忘れましたか？　あなたたち〈魔女狩り〉は魔女を斃さなければ意味がない。命令を全うすることだけが存在意義であると。数多くの戦場で現場司令官から聞かされてきたはずでしょう」

「はい」

「たしかにあなたの直属の上官である大佐殿とは意向が異なりますが——それが現実です。機能不十分な〈魔女狩り〉などただの脅威の塊。保持するくらいなら処分した方がいい」

「はい」

「ですが——私はそうはしたくありません」

「……」

唐突に、男声が柔らかく緩む。ノエルがぎこちなく瞬きをすると、

「私はあなた方〈魔女狩り〉を公正に評価しています。忠実に任務を全うする強大な戦力であり、期待を決して裏切らない有能な存在として。そうでしょう？」

「……はい」

「自信を持ちなさい。私なら今後も〈魔女狩り〉の部隊を活かしてゆくことが可能です。そのためにも——あなたにはここで『成果』を上げてほしい」

「……それは……、」

男声の発言に、ノエルは顔を上げた。今の自分にとって、その声だけが唯一の命綱であると見出したかのように。

そんな彼女の表情に、男声は満足そうに喜色すら滲ませる。

「有能なあなたならば、現時点で私が何を求めているか、自分が何をすべきか——それを理解し、私の期待に応えることはできますよね？」

「——はい」

「結構です。では、効率よく確実に『成果』を得る手はずを整えましょう。まず私が把握している〈魔女狩りの魔女〉の周辺環境ですが——」

ノエルは硬い声で相槌を打ち続ける。その後も紡がれる男声に思考も行動も搦め捕られたかのようにその場に硬直したまま。

——会話は続いていたが、ルカは音もたてずにその場をあとにした。

内心を冷たいものに突き刺された感覚を覚えながらも、一方で安堵していた。

（あぶなかった）

クオといる時間に眩しさを覚えるあまり、大事なことを見落とすところだった。

あのコは――ずっと危うい立場に置かれているのだ。

クオが任務を遵守しようと関係なく、彼女を陥れようとする者が存在する。

しかも相手は身内であるはずの軍人だ。ノエルもクオも決して名前で呼ぼうとはしない、誰よりもモノとして〈魔女狩り〉を扱いながら、それを体よく利用しようとする食わせ者。

そいつがクオを処分するため、よからぬ企てを謀ろうとしている。

ひとつ確かなのは――

自分はクオを危うくする要素だということだ。

魔女を殺さず庇っていたなんてバレたら――クオは問答無用で処分されてしまう。

クオを思うのなら、魔女はクオの傍にいてはいけない――

「あ、おはようございます、ルカ」

翌朝の教室で目が合うと、クオの方から挨拶してきた。

最初のころは目が合っただけでびくーっと身体を震わせ、大きく息を吸って、ようやく挨拶に至っていたのだが――どうやら慣れてきたみたいだ。

クオは口元をふにゃりと緩ませ、不器用に笑いかけてくる。

「……おはようクオ」

そんな微かな変化に顔がほころびそうになって、ルカは慌てて目を逸らした。

「ルカあの、昨日の用事は、大丈夫でしたか？」

隣の席に着きながらおずおずと尋ねるクオに、ルカは当たり障りない笑みを返した。

「うん、大丈夫」

「よかったです……あ、今日の放課後は、探しもの、どのあたりを――」

「そうだクオ、ぼくしばらく用事ができちゃったんだ」

クオの声に無理矢理かぶせるように、ルカは声を大きくした。

「だからしばらく、放課後は、いいや」

「あっ……そ、そうなんですか……」

こちらを窺うように見つめ、詳しく問うべきか迷って俯く――傍目にも判りやすいクオの動きを、ルカは前を向いて見えないふりをした。

その日は授業中も休み時間も、ルカからクオに話しかけることはなかった。

クオから声をかけられても、「うん」とか「そうなんだー」と素っ気ない言葉を返す程度で――そのうちクオも口数少なくなっていく。

険悪ではないが、ぎこちない空気のまま——放課後を迎えた。

「あ……、あの、ルカ……っ」

水をもらえなかった花のような萎れた声で、クオがルカに近付いた。

その手には、クッキーを小さな袋に詰めたものがいくつかある。

「きっ、昨日クラスの方から焼き菓子をいただいたんですが、お返しにこちらを渡そうと思って……。これは、お店で買ったものなんですが……問題ない、でしょうか……？」

「……あ、ああ、いいんじゃないかな。あのコたちでしょ？　さっき教室出ちゃったよ」

「へうっ？　あ、わあ、本当だ……！」

「まだ間に合うよ。追いかけていって渡して来なよ」

「あ、わ、う、ふゃ……は、はい……っ」

ルカと廊下とをおろおろ見比べ、結局クオはクッキーを両手に、駆け出して行った。

……ルカに一緒についてきてほしかったのか、もしくはアドバイスを求めていたのか。

なんにせよ、ぞんざいに放り出してしまった。

「…………あーぁ……」

ルカは罪悪感に満ちた溜息を落とし、昏い表情を隠すように机に突っ伏した。

クオのことを思うなら、離れていくべきだと昨日決意したはずだったのに。

自分を慕って、相談して、頼ってくれるクオに、結局反応してしまった。

今の自分は全身にためらいがへばりついて、滑稽なほど中途半端だ。

急にひどいことでも言って、クオの方から離れるように仕向ければいい。

だけどそんな、クオが傷つくと判り切っていることなんて——できない。

——いや、違う。

(ぼくは今——クオと離れがたくて、だからこんな半端で見苦しいんだ)

昨日よりも良くあろうと頑張って、もがきながらも学園生活を築こうとしているクオのひたむきさを、傍で見て応援して一緒に喜んだりしたい。

魔女である自分が、一番クオの傍にいるべきじゃないと判っているのに、一番近くにいたいと思っている。

(情けない……ぼくは今、この世界で、一番、愚かだ——)

「自分の思うように選べる」なんてクオに言い聞かせたくせに。

(クオよりぼくの方が、よっぽど情けなくて、ただの〈ぼっち魔女〉だよ……なーんて)

今まで覚えたことのない自己嫌悪に、ルカは澱んだ吐息を零す。

(だけど……昨日の軍人がノエルを使ってクオを陥れる方法なんて、一体どんな——)

ふと過った考えに顔を上げると——ルカは表情を強張らせた。

ノエルが机越しに佇んでいたのだ。

「ルカ、悪いけど今から一緒に来てくれないか」

硬い声と表情は、昨日軍人と対面していた時と同じものだった。

「……えぇー、なんだろう。ぼく、ちょっと用事があるんだけどな」

「今から来い。学園理事からの呼び出しなんだよ」

強めに張られた語気に、教室内に残っていた女子たちも思わず顔を上げる。

ルカは内心の動揺を徹底的に隠し、うっすらした笑みで肩をすくめた。

「ちょっと身に覚えがないなあ」

「いいから来い」

ノエルに腕を取られると、次には身体が浮いていた。腕の痛みを感じるよりも、有無を言わさない力の強さに逆らえなくなっている。

硬直するルカに顔をよせ、ノエルは素早く耳打ちしてきた。

「――これ以上手荒な真似したくないんだよ。頼む」

「…………」

脅しというより懇願するような声に、ルカは何も返せなかった。

そのまま、ノエルに腕を取られて教室を出る。

(ああ……もう、遅かったんだ)

連れ出されながら、ルカの心は悲嘆と後悔でぐちゃぐちゃになっていた。

あの軍人はとっくに自分に狙いをつけていたのだ。クオの「周辺環境」――そこにいた「友人」とされる存在に目をつけ――クオの弱点として利用するつもりなのだ。

自分のせいで、クオが危うくなってしまう。

最も恐れ、避けたかった状況にルカはいた。


ノエルに連れ出されたのは、一度足を踏み入れたことのある立ち入り禁止の別館だった。

鉄柵を通り、施錠(せじょう)されていない扉を開け、廊下を突き当たりまで進む。

そこでノエルが手を壁につき、ぐっと前に押すと――

ズン、と鈍くくぐもった音とともに、壁の中心を縦軸にした回転扉のように動き出した。

「！　隠し部屋……？　こんなとこに……」

驚いたルカは思わず口にした。

学園本館にもあったが、別館にまでこんな仕掛けが。

そこではっとして廊下を振り返る。

別館は外観よりも狭く、クオと授業をサボって探しものをした時も探索に大して時間がかからなかったことを思い出した。この隠し部屋があったからか——

ノエルは教えられた動きを忠実に再現する機械仕掛けのように先を歩いている。ルカの腕を掴んでいるその手は拘束具のように硬い。

ルカはその背中を見つめ、考えを巡らせた。

クオを陥れるためにノエルを操っている、軍人。

それと同時にこんな大仕掛けを学園にまかり通せる者——そうだ、ノエルはさっき『学園理事の呼び出し』と言ってなかったか。

ルカにはそんな存在、見当もつかなかった。

「この先、もう少し、行くぞ」

抑揚を棄てた声で、ノエルが振り向かずに告げてきた。

回転扉を通ると、棚で区切られた狭い通路が続いている。

天井まである棚には、充電装備を附随させた大量の銃や刀剣がずらりと並んでいた。

〈雷浄〉式対魔女戦軍事兵器だ。

まさかテロリストが要求していた軍の兵器が、学園内に、本当にあったなんて——

ルカが愕然と周りの武器を見回していると、腕を掴んでいたノエルの手が離れた。

彼女は自分の制服のリボンタイを解くとその場で制服を脱ぎ、すとんと足元に落とす。

その身体はすでに黒を基調とした戦闘服に包まれていた。〈魔女狩り〉部隊の隊服だ。

ルカが言葉もなく見つめるなか、ノエルは淡々と、特殊素材の腕装備や〈雷浄（ルーメン）〉の帯電を身体から逃がすための獣の尾のようなデバイスを素早く装着していく。

足元に制服を脱ぎ捨てたノエルから『普通の学生』の片鱗は消え失せている。

戦場で戦うことがすべての兵士――むしろ、そうあるために彼女は自ら隊服姿になったかのようだった。

ノエルは何も言わずに無表情で再びルカの腕をとり、奥にある鉄製扉を押し開いた。

ゴゥン、という重い音が、その先に広がる空間に響き渡る。

「……！」

直径百メートルほどの円筒状の坑洞（こうどう）が、足元から地下深くへと延びていた。

目の前の鉄柵から身を乗り出すと、重たい匂いがルカの嗅覚を殴（ぶ）ってくる。

「ここは……軍事施設……？」

大量の兵器が醸（かも）し出す、濃厚な鉄の匂い。

それは大量の死が齎（もたら）す血腥（ちなまぐさ）さに似ていた。

懐（なつ）かしい記憶が、一気に蘇（よみがえ）る。

間章 或る魔女と約束

ながくながく、渡世をしていた頃の記憶だった。

ルカにとってはつい最近——二十年ほど前のこと。

この世界の戦争の終わりの気配を求めていたルカは、ヒトの世界に紛れていた。

ある土地で情報を耳にしたからだ。

リーゼンワルド王国軍が開発している新型兵器。

それが〈雷浄〉以来の画期的な戦力になりうるであろう——という噂。

持ち前の耳聡さで断片的な情報を拾っては推察し、目的地を探り行く——やがてルカが探り当てたのは、山脈群の奥に王国軍がひそかに建築した施設だった。

そこに戦争を終わらせうるヒトの力がある——かもしれない。

だが、そこでルカが最初に感じたのはヒトの気配ではなかった。

これは、まさか——ルカはある予感を胸に、施設へと足を踏み入れる。

ヒトの監視をかいくぐることなど、魔力で姿を霧散させれば容易い。施設のさらに奥に進み、重く閉ざされた扉を抜けた瞬間、ルカは姿を元の身体（からだ）に戻す。

（——……！）

その部屋に存在していたものに、ルカは驚いて言葉を失った。

予感はあった。だが、それでも信じられなかった。

ヒトの世界に、それも魔女を殺すために特化された組織である軍の施設に、

魔女が存在するなんて。

「——これは驚いたな」

その場に現れたルカを前に、彼女は声を艶（つや）めかせた。

「私以外の魔女が、こんな所に。ここはヒトの、魔女を殺すための組織の縄張りだぞ？」

驚くルカの様子に、美しい相貌を嗜虐（しぎゃく）性に満たしながら——魔女は笑う。

それがルカの——当時百年ぶりとなる同族との接触だった。

血に彩（いろど）られた手術台のような台座に、むせ返るほどの血腥（ちなまぐさ）さ。

壁一面に並べられたガラス管には、ヒトのものと思（おぼ）しき溶けた臓腑（ぞうふ）や砕けた骨、損壊した体細胞が液体漬けにされている。室内には、死の気配しかない。

凄惨な空間の主は艶（あで）やかな漆黒のドレスを翻（ひるがえ）すと、奥に設（しつら）えられた玉座に腰掛けてル

カを迎えた。

「ようこそ――『渡世の魔女』。私の名はエリフィティノール。〝問うて暴(あば)く者〟だ」

豪奢(ごうしゃ)な黒の玉座はエリフィティノールが魔力で作り出したものだろう。二メートルを超す長身と、豊かな黒髪に透けるような白い肌。傲然と玉座に在る姿はまさに女王だ。

「なんだ……ぼくのこと、知ってるんだ」

ルカは少し驚いた。魔女にとって厄介な力を持つ同族と知りながら自分を迎えるなんて珍しい。今や母体魔女(エンプレス)ですら自分を門前払いするほどなのに。

「無知は罪だ。魔力から醸された古く深い血の匂いで容易く断定できたぞ。名は何という？」

エリフィティノールは命じるように問うた。ルカを見る目は好奇心に煌(きら)めいている。

「ルカ」

簡単に答えた途端、エリフィティノールはすぐさま眉をひそめた。

「それは名前の断片だろう。〝母〟から授かった名と、与えられた〝役割〟はどうした」

自分を産み落とした母体魔女(エンプレス)から授かる名前は、魔女言語で独自の意味を持っている。従属魔女(エクエス)たちはその意味に己の〝役割〟を見出(みいだ)し、母なる魔女のため力を尽くすのだ。

ルカは目を細めた。

「……そういうの、ぼくにもあったね。遠い昔の話だ。今のぼくは、ただのルカだよ」

長く同族から疎外されたルカにとって役割など無意味だ。名のほとんどは切り捨てた。

「ほう……まあいい。お前、ヒトみたいな喋り方をするんだな」

「そんなことより、きみはこんなところで何をしているの？　エリフィティノール」

玉座にそびえる彼女の背後の壁に掲げられているのは、この国の軍旗だった。

魔女が、ヒトのもとに降ったというのか……？

とまどうルカに、エリフィティノールは迫力を擁する美貌にひっそりと笑みを作った。

「見ての通りだ。面白い光景だろう？」

「説明がほしいな」

「魔女である私が、ヒトと共同で、この世界を変える新たな力を作り出そうとしているのさ」

「……ヒトと、共同で……？」

「そうだ。魔女の〝万能の黒血〟とヒトの〈雷浄〉を共存させられる力だ」

玉座に肘をつき、エリフィティノールは真紅の唇に妖しい笑みを象る。

「――そんな力、魔女もヒトも使えるわけがない」

「その通り。だから、新たな力を使うことができる存在を産み出そうとしているのだ」

「存在を、産み出す……？」

またしてもルカは問い返していた。信じがたい発言に理解が追いつかない。

エリフィティノールはルカの反応を面白がりつつ、嬉々（きき）として語って聞かせた。

「魔女にとって〈雷浄（ルーメン）〉は、ヒトにとって〝万能の黒血〟は、脅威であり相容（あいい）れ得ぬ力だ。もしもその両方の要素を併存させた力があれば、それを使い得る存在がいれば――

それはこの世界における究極の切り札となる」

「ありえないよ。そんな力も、それを使い得る存在も、」

「ハ、愚か者がそう吐（ぬ）かしているうちに、私は新たな力をとうに見出したのだ」

嘲笑と断言に圧倒されたルカに、エリフィティノールはそうっと語り足す。

「――あとはこの力に適合する存在を産み出すだけ」

鍵となるのは、魔女とヒトの血だった。魔力を有する魔女の黒血と、〈雷浄（ルーメン）〉に耐性を持つヒトの血。これらを精製・調合することで両者の特性を共存させた新種の血ができる。

あとは――この血に適合する存在を見出しさえすれば。

この共同計画は成就（じょうじゅ）する。

「血の適合実験の素材には、ヒトを使っている。なにせこの国の軍人が腐るほど提供してくれてな。私は惜しげなく血を精製してはヒトの身体で試すことができる――おかげで実に驚くべき早さで新たな力の開発は完成段階に至ろうとしているのさ」

　エリフィティノールが手を掲げ、濃厚な死の匂いに満ちた血腥い空間を示す。

　この場所で彼女が何をしてきたのか——想像するまでもなかった。ルカは感情を消した目でエリフィティノールを見る。

「これはエリフィティノールの発案なの？　ヒトが魔女とこんなことを共同するなんて」

「ハハハ、私ではないさ。これはな、ヒトのアイデアだ。愉快だろう？」

　エリフィティノールは立ち上がると、この部屋に立ち込める凄惨を堪能（たんのう）するように辺りを歩き回った。魚の鰭（ひれ）のように、黒いドレスの裾を流麗に揺らしながら。

「軍人に面白いヒトがいてな。『魔女もヒトも凌（しの）ぐ力を作り出さないか』と、この私に持ち掛けてきたのだよ。戦場のど真ん中で、互いに殺し合っている最中だった」

　その時のことを思い出したのか、彼女はフッと笑みを浮かべた。

「私はそいつと、その話に興味を持った。だから共同してやることにしたのだ」

もともと探ってみたかった。魔女に抗しうる力〈雷浄（ルーメン）〉を開発したヒトの知恵と発想を。

そうした自分の好奇心を「あいつ」は早々に見抜いていたのかもしれない。

　かくして自らの血と、軍部から提供されるヒトの肉体とを素材に、エリフィティノールは新たな力の開発にのめり込んだ。

「しかしヒトとは、恐ろしいものだな」

液体漬けの人体を納めたガラスを撫でながら、含み笑いでエリフィティノールは言った。

「毎日のように提供される素材には、まだ生きているものもいた。同種族だぞ？　それを力の開発のためとはいえ、天敵である魔女に易々と差し出すんだ。

ヒトの脅威すべきところは〈雷浄〉を開発した知能ではない。目的のためなら同族すら容易く犠牲にできるその性質だ。――クク、奴らいずれヒト同士で殺し合いをするようになるぞ。魔女相手などよりもずっと残虐な方法で」

「ヒト同士が？　……ちょっと想像できないよ」

魔力もなく簡単に死ぬ、魔女に優っているものは繁殖力くらいの生き物。万能の魔女の営みを阻害する下等生物――それが魔女にとってのヒトだ。脅威など。

「まあ、そうなる前に私が滅ぼしてやるんだけどな」

エリフィティノールはニヤリとして見せた。細められた切れ長の目に残忍なものが滲む。

「今は新たな力と使い手を産み出すためにヒトを利用しているだけだ。いずれすべてを私のものにする。そうすれば――ヒトなど簡単に全滅させられる」

好奇心と究明欲求のままにヒトと手を組んだ魔女は、己の思うようにことを運び、着実に野望を成し遂げようとしていた。

そんな傲慢な魔女の手がルカに伸び、細長い指ですぅ、と顎を撫でてくる。

「しかしまさかこんなところで、私の夢のひとつが叶うとはな……私はお前にずっと会ってみたかったのだ、『渡世の魔女』よ」

溢れんばかりの好奇に満ちた双眸が、ルカに迫る。

「多くの魔女が畏れてきたお前は何者か。何処から来て、何をしてきたか——聞かせろ」

問うて暴く者は、心のままにルカをも知り尽くそうとしていた。

「私はお前が知りたい」

巨いなる魔女は、傅くようにルカの頬に顔を寄せささやくのだった。


それは、魔女の時間としては本当に僅かで微細な、短い時間だった。

千年近い時を生きたルカにとってはなおさら、砂粒にも満たないひと時。

ルカは問われるままに、今日ここまでの自分の移ろいを覚えている限り話した。

エリフィティノールも戦争にあけくれた半生と、ヒトとの共同に至った三年ほど前からの経緯を語って聞かせた。特にヒトとの関わりを、やけに楽し気に話してくる。

ヒトと共同し、魔女に弾かれた自分に興味を抱くような変わり者。

しかしものごとへの観点と思考は、時折深遠なものを覗かせる。

ふと、こんなことを尋ねてきた。

「しかしお前、なぜこの施設を探り当てた？　ヒトの戦力や情勢など興味ないだろう」

「……ヒトが新型兵器を開発してると耳にしたんだよ。なんでもいい、この戦争を終わらせる力があるのなら、知りたいと思ったんだ」

どこか無気力な、なにかに倦んだ眼差しをエリフィティノールは覗き込む。

「戦争を終わらせる――か。なぜ、そんなものを求めた」

「……ヒトのコがぼくに触れてきたんだ」

数年前。魔女とヒトの戦争が激化したある土地で。

「ぼくのこと魔女だなんて気付かず、話しかけてきたんだよ」

その出会いは、放浪中の偶然の出来事だった。

彼らは痩せぎすの小さなルカを見て、自分たちと同じヒトの子どもだと思ったらしい。

話しかけてきて、草笛で音を鳴らし合って、一緒に遊んで――

『またね』

そう言って、手を振って別れて。

「――そのすぐ後、ぼくの目の前でみんな火の雨に焼かれて死んでしまったんだ」

その火がヒトの兵器か、魔女の魔力かもわからない。

確かなのは、大きな力が小さくて弱いものを一瞬で殺し、自分は無力だったこと。

そして。

「もう、こんな戦争、終わらせたいって思ったんだ。……それだけだよ」

「――フッ」僅かな間を置いて。

「フフフ……クク、ハハッ……フハハハハハハハハハハハハハハハハハ！」

エリフィティノールはその身を揺らして大笑した。

「これはすごいことを知った！　同族でこれを知る者はきっと私ひとりだ！　ハハハ実に痛快だ！」

「…………」

無神経な笑い声にルカは眉根を寄せる。が、エリフィティノールは構わなかった。

「孤高なる『渡世の魔女』が、他者(ひと)恋しいただの寂しがりだったとは！　その喋り方も、そのときのヒトのコの影響だろう？　ハハそうか、そんなに悲しかったか！　ヒトの死が！」

「話すんじゃなかったよ……こんなに笑いものにされるなんて」

「拗(す)ねるな。それにお前、誰かと関わりたいのなら少し愛嬌(あいきょう)でも持ったらどうだ」

「ご忠告どうも。それならきみ以外を参考にするよ」

ルカは陰気な声で呟いた。ヒトのコと接触したときも、話すということがあまりに久々で、碌に喋れなかったことを思い出す。愛嬌か……。

ようやく笑いを納めたエリフィティノールは、傲然とした態度を取り戻してこう言った。

「安心しろ、ルカ。戦争ならじきに私が終わらせてやる。新たな力の使い手の誕生も近い。私はもうすでに、手応えを得ている」

自信に満ちた不敵な笑みが、陶然としたものを含み出す。

「ヒトでもない、魔女に近い存在を私がこの手で産む――〝母〟にしかできない行いを成せるとは、とても幸福なことだ。私はきっと、産み出した者を愛するだろう」

「そう。ヒトに奪われないといいね。きみも用済みになってヒトに殺されるかもよ」

「ハハハ、ありえない。だが、もし私がヒトに出し抜かれ討ちとられたら――ルカ、お前が私の仇を取れ」

「ヒトとの戦争には関わりたくないんだけどな――考えておくよ」

「おい、ヒトみたいなつまらないものの言い方をするな。ルカ、約束だ。必ず果たせ」

「約束というより命令だね。……わかった。覚えておくよ、エリフィティノール」

はっきりと頷いて見せる。それは、長くひとりで生きてきたルカの時間を、短いながら確かに埋めてくれたエリフィティノールへの感謝の証だった。

ルカは約束を交わすと、立ち上がる。

エリフィティノールのもとを去る理由は特になかったが、長居する理由もないからだ。

ルカは百年ぶりに交わった魔女と別離(わか)れた。

血腥(ちなまぐさ)さと濃厚な死の果てに、戦争の終わりの可能性を微(かす)かに見出(みいだ)して。

それから十年ほど過ぎて。

ルカは〈魔女狩り〉という王国軍新規特殊部隊の存在を耳にする。

数年も経(た)つと、〈魔女狩り〉は戦場で台頭するようになっていた。

ある予感を抱き遠目に戦場を覗き見ると、そこにはヒトでありながら魔力を有し、〈雷浄(ルーメン)〉を操っては魔女を討つ、魔女でもヒトでもないものがいた。

エリフィティノールが語っていた、新たな力の使い手——

ルカは静かな気持ちで、ある事実を思い知る。

エリフィティノールは、死んだんだ。

すべてを手にすると言っていた。

あの傲慢で自由な魔女は。

——もういない。

あの力が〈魔女狩り〉という名で王国軍にあることが何よりの証拠だ。
少女の姿をした者たちは、瞬く間に数多の魔女を討ち滅ぼしていった。
その中のひとりが、ついには母体魔女を討ち斃して、そうして――
戦争は終わった。

第九章　クオ　と　ルカ

軍事施設の造りを前に、懐かしい記憶が脳裏を過るなか。

ルカが連れて行かれたのは、灯りすらもない小さな部屋だった。

「ここにいろ」

ノエルは押し込めるようにルカを部屋に入れると、扉の前で言い放つ。

逆光でかすかに見える昏い表情は、もはや別人のようだった。

「……ノエルきみ、学園理事の呼び出しって言ってなかった？　ここってさ、軍の施設だよね？」

ルカは何も知らない風を装って尋ねた。

「ぼく、ここで処刑でもされるのかな」

その一言に、ノエルが顔を歪めたのが逆光でも判る。

ノエルは拳を固め前に進み出ると――ルカにだけ辛うじて聞こえる声で、

「……そんなこと、させない。おまえだけは無事にかえすから。……ほんとうにごめん」

絞り出すようにそう言って、扉を施錠しどこかへ歩き去った。

「…………」

ノエルには悪いが、こんな所でじっとしているわけにはいかなかった。

ルカはすぐさま身体を霧散させ、扉のわずかな隙間から外へと出て実体化する。

筒状の坑洞は、大量の作動音と思しき重低音が響き渡っている。〈雷浄〉の発電駆動音だろうか。

鉄の匂いから察するに、ここには大量の軍事兵器が貯蔵されているのではないか。

壁に沿って伸びる通路は、壁をくりぬいて設えられたいくつかの部屋と繋がっている。

螺旋状の通路はさらに奥へと続いていた。

向かい下層にある部屋に人影が見えた。ノエルだ。敬礼をした先に、昨日彼女に命令していた軍人もいるはず――そいつが今なにをしようとしているのか、確かめなければ。

ルカは足音を殺して、螺旋の通路を下っていった。

「――『友人』は確保しております」

扉に身を添わせ耳をすませると、ノエルの声がした。

通路に面した窓からルカがそっと中を覗き込むと、報告相手の男が見えた。

「結構です。さすがは〈スクルド〉の班長。即時実行と手際の良さは評価に値します」

悠然とした、しかし聞く者に抑圧を与える声の主は老年の男だった。

オールバックに理知的な微笑みは、軍人というより文人の雰囲気がある。

「あとは〈魔女狩りの魔女〉をこの場に招き入れるだけ——時間がないので状況は速やかに進めてください。何なら『友人』の髪でも切って見せてやればいい。すんなり従うでしょう」

さらりとそう言う目は、施設内の乏しい灯りを反射して無機質な艶を放っていた。

——軍人、いや、ヒトでも厄介で凶悪な類だ。ルカは男を見てそう確信する。

王国軍通信兵少将マクミラン・アロンダイト。

ルカは名も知らないその存在こそが、ノエルを使いクオを陥れようとしている者だった。

少将からの容赦ない提案にノエルは反応せず、暗く強張った顔をわずかに持ち上げた。

「質問を、お許し願えますか」

「許可しましょう」

「なぜ先輩を、この場で処分する必要があるのでしょうか」

特殊任務の条件を守れなかった〈魔女狩りの魔女〉を処分する――マクミランがノエルに聞かせた『成果』を得るのに、わざわざ学園の隠された施設にクオを連れ出すなんて。

しかも道すがらには、本来王国軍が保有しているはずの軍事兵器まで貯蔵されていた。

施設も兵器も、この秘匿環境には後ろめたいものが感じられる。

ここでクオを処分しようとすることも、表沙汰にはできない理由があるからでは――

マクミランは腕を組み、質問するノエルそのものを侮蔑する目になる。

「それをあなたが知る必要がありますか？　私の命令を遂行するまでがあなたの領分でしょう」

――まただ。ルカは目を眇めてマクミランを睨んだ。

立場を利用して相手を理不尽に抑え込み、意思を圧殺して操る――それがこの男のやり口のようだ。今やノエルは糸の絡んだ操り人形のように、動くことすらできない。

「ですが私は有能なあなたを大切な部下として評価していますからね。特別に教えておきましょう。誇っていい、今から行うことは世界への貢献なのですから」

マクミランは顔を伏せたノエルを見下ろすと、前置きたっぷりに告げる。

「処分した〈魔女狩りの魔女〉を『再利用』します。そのためには、この施設が不可欠なのですよ」

「……再利用………？」

凝然と、その言葉を復唱したノエルの反応にかまわず、マクミランは滔々と続けた。

「魔女との戦争が終わった今、〈魔女狩りの魔女〉は不要の存在となり、むしろ排除すべき脅威と化しています。しかし王国軍大隊を遥かに凌ぎ、母体魔女すら討った〈魔女狩りの魔女〉の魔力が、惜しむべき『動力』であることは明白です。この施設はそのために造られたのですよ」

私はその動力を利用した新型兵器の開発を進めています。

（クオの力を使った、兵器開発……？）

動揺を押し殺しつつ耳をすませるルカに、マクミランが気付く様子はない。

彼は窓の外の、仄暗い坑洞内部に己が築き上げた施設の一角へ目をやっている。

「魔女戦争末期から、私は独自に『再利用』の検討をしていたのですよ。戦場では我々軍人と同列にいる〈魔女狩り〉も、蓋を開ければ忌まわしき魔女の力を宿した人外だ。いずれは軍も〈魔女狩り〉の力を持て余すだろうと予測していました」

〈魔女狩り〉であるノエルを前に、マクミランは平然と「人外」と言い切る。

「当時軍部の反応は鈍いものでしたが、私の検討を評価する方々も存在したのでね。聡明な彼らの力添えのおかげで、私は理事として自由が利く学園内に施設を築き、終戦前の時点で独自の兵器開発に着手できました」

「では、あの隠し扉の奥にあった軍事兵器は……少将殿が――」

「ええ。戦時中は〈魔女狩り〉の資料や兵器の現物入手なら、私の権限で充分可能でしたから」

だが学園内の地下施設建造だけでなく、新型兵器開発そのものが、肝心の軍の認可を得ていない――ということではないのか。

しかしマクミランの言動には微塵の後ろめたさもなかった。

「過去の戦闘データや生体データの数値資料も精査しましたが、やはり〈魔女狩り〉の魔力容量と安定度は、既存の充電式兵器とは次元違いです。廃棄処分など――愚の骨頂」

己の発想を語ることに興が乗ったのか、マクミランは生き生きとしだす。

「〈魔女狩り〉有効活用の最適解、それは――魔力供給機として兵器に搭載することです。〈魔女狩りの魔女〉ともなれば、最強の兵器の動力源として機能するでしょう」

――その言葉は、ルカの脳裏にグロテスクなものを想像させた。

この軍人は、魔力を供給させるためにクオの生体を兵器に組み込み、部品として『再利用』するつもりなのだ――

同じヒト相手に閃く発想とは思えない。

「最強の動力に最新兵力を搭載した機動兵器ともなれば、王国軍を凌駕する、いや、人類史に名を刻む最高の傑作兵器となることは間違いありません」

おぞましいアイデアを嬉々として語るマクミランに、ノエルも言葉を失っている。

「兵器開発中に終戦を迎え、ようやく軍部が戦後の〈魔女狩り〉の処遇を検討し出したので、私が元帥殿に進言しました。

上等な素材を確保する絶好の機会を逃す手はありません」

〈魔女狩りの魔女〉を『普通の生徒』として学園に通わせる——彼の提言した妙案は最初からそのためにあった。

使い捨てる運命の、強大すぎて持て余す素材を再利用するため。

初めから、クオに人として生きる選択肢など、なかったのだ。

「本来ならもう少し余裕をもって進める予定でしたが——卑しく野蛮な校務員にこの施設と兵器を目撃され、情報をテロリストに売られるなどという計算違いには、さすがの私も手を焼きましたよ」

校務員はご丁寧に施設や兵器を撮った写真をテロリストに見せ、その情報で小銭稼ぎをしていたらしい。その後も欲をかいて情報を得ようと、別館の施錠もおろそかに地下施設周辺を嗅ぎ回っていたところをマクミランが捕獲し、そのまま始末した。

幸いにも物証は校務員が保有したままだったので、証拠は奴の死骸ごと処分できたが。

「直後、テロリストに襲来された時は肝を冷やしました。あやうく兵器や施設が暴かれるところを、早急な制圧のおかげで免れましたが――事後調査を奴が担っていたとは」

マクミランは苦々しく呟いた。

事後調査を進めているのは〈魔女狩り〉の上官でもあるアビゲイル・ブリューナク大佐だった。

彼女はすでに恐るべき勘の良さと速察で、校務員の行方をマクミランに尋ねてきた。

「奴は私を怪しんでいる――あまり猶予はない」

昨日と同じ呟きに、内心の焦りが滲み出る。

「……長話が過ぎましたね。〈スクルド〉の班長、充分に状況は理解したはずです。〈魔女狩りの魔女〉の確保を至急進めてください」

命令を受けても、ノエルはその場から動かなかった。

訝しむマクミランに、ようやく伏せていた視線を上げる。

「……先輩は――まだ特殊任務を遂行しています。ただの生徒よりもずっと不器用ではありますが、それでも、忠実に任務を。ですので、」

硬直した喉から、すっかり乾いた声を、力をこめて押し出す。

「少将殿が、独自による兵器開発のために先輩の特務を中断させるようなことは、」

「残念ですよ、〈スクルド〉の班長」

振り絞った声を、マクミランが大げさな溜息とともに遮った。

「監視対象に情が湧いたと言うのですか？　無能が陥る事態に、まさか……あなたが？」

一歩前に進み出たマクミランに、ノエルがびくりと硬直する。

「私はあなたの班の有能さを買ってこの任務を与えたのですよ。私の重要な任務を託すことが出来る良き部下として。ですがこれでは……私の期待を裏切るどころか〈スクルド〉の機能を疑わざるを得ません」

「……！　そんな、ことは……っ」

血の気の失せた顔で凍り付くノエルを、マクミランは零下の眼差しで見やる。

「任務に情を挟み、現場指揮官の指令にも応じられない……今後〈魔女狩り〉の選定が始まり評価の低い班から処分される際、〈スクルド〉は真っ先にやり玉に挙げられるでしょうね」

決まりもしていない状況にも拘わらず、自分の権限による「処分」を匂わせると――ノエルは狼狽を露わにした。

「！　申し訳ございません！　発言は撤回します、これはあたしの意見で〈スクルド〉の班員二名は一切関与しておりません、なのでどうか、」

「怯える必要はありませんよ。言ったでしょう、あなた方〈スクルド〉は私の大切な部下なのですから」

マクミランの声音がノエルを優しく労るものに転じた。

緊張と恐怖で顔を引き攣らせていたノエルが、とまどった目を上げる。

「その証拠にひとつ、大切な事実をあなたにお伝えしましょう。これは極秘事項ですが、あなたが余計な情に惑わされたりせず任務に励むためにも、聞かせておきたい。〈魔女狩りの魔女〉の過去を」

「先輩の……？」

「ええ。〈魔女狩り〉の過去資料でも秘匿扱いとなっている極秘情報です。あなたは『欠番』と呼ばれている世代をご存じですか？」

「……はい。先輩と同じ初番世代で、初期の精製血液に適合できず亡くなったと――」

「『欠番』を鏖にしたのは、〈魔女狩りの魔女〉ですよ」

「…………え…………？」

突然、奈落に突き落とされたような声がノエルから零れた。

「かつて初番世代だった者たちによる『焼夷の魔女』討伐の作戦時のことです。魔女討伐後、初番世代はみな原因不明の暴走に見舞われた。――その時他の〈魔女狩り〉を殺したのが〈魔女狩りの魔女〉でした」

「！　そんな………！」

「塗り潰されていた極秘情報もありますが、通信兵の部下から聴取したので間違いありません」

「どうして先輩が……同じ〈魔女狩り〉の、仲間を………！」

「暴走の果ての鏖殺か、意思を持った上での殲滅か――軍は真相を秘匿したままその後も戦場に奴を投入し続けた。いつまた周囲を鏖にするかもしれないというのに。〈魔女狩りの魔女〉はやはり危険な存在なのですよ。だから処分する必要がある。『再利用』こそが最適の手段だと――ずっと私は話していたではないですか」

（……なんてヤツだ）

ルカは唇を噛んだ。

マクミランはおそらくクオが『欠番』を殺した真相を知っている。

その上であんな情報の告げ方をしてノエルの感情を弄びコントロールしているのだ。

軍で特異扱いされている〈魔女狩り〉の仲間意識に付け込んだ、凶悪なやり口で。

ノエルの心に敵対感情よりも根深い、クオへの憎悪を植え付けようとしている――

「結局、〈魔女狩りの魔女〉など、本質は魔女に過ぎないということです」

震えた目を虚空に置くノエルに、マクミランはうんざりした口調で吐き捨てると――

次には温く柔らかな声で語りかける。

「ですがあなたは違いますよね、〈スクルド〉の班長。仲間想いで有能な、私の大切な部下として――今すぐ為すべきことは、もう解っているでしょう？

さあ、早く状況を進めてください。何度も言っていますが、時間がありません。貴族連盟の交流会での〝挨拶〟には、完成した新型兵器のお披露目もしたいですし――」

「……貴族連盟……？」

「近々私は軍を退役し、貴族連盟へ転向するのですよ」

あっさりとマクミランは答えた。

「〈魔女狩り〉の『再利用』にいち早く同意を示し学園内の施設建造に協力してくれたのは、ほかならぬ貴族連盟の方々です。彼らのおかげで独自の新型兵器開発を進められた。ふっ、むしろ頭の堅い軍の連中相手よりも円滑でしたよ」

自分の口先でどうとでも操れる〈魔女狩り〉を相手に意識が緩んだのだろうか――

これこそがこの男の動機だったのだ。

王国の権力構造ならルカも概ね把握している。そこまで聞けば見当がついた。

マクミランは軍部とは対を成す権力機関である貴族連盟に転向した後、確固たる地位をものにしたいのだろう。

〈魔女狩り〉の動力を組み込んだ新型兵器が、その鍵となる。

軍と比肩できる戦力を、貴族たちに提供することができるのだから。

「やれやれ……これで〈魔女狩りの魔女〉の素材確保は何とかなりそうですね」

嘆息すると、懐から取り出したガラス管を、不用品とばかりに傍らにある机上へと転がして独り言ちる。

「取り急ぎの試作品のために軍部で危険を冒して極秘素材を入手したのに、これでは制御が敵わなかった……やはり、魔女そのものでは素材の魔力が高すぎたか……」

その手から転がったガラス管の中身を目にした瞬間――

（…………！）

ルカは驚愕に表情を引き攣らせていた。

ガラスに収められていても確かに感じ取れる魔力と気配。

エリフィティノール。

黒い血にまみれたそれは、彼女の心臓の断片だった。

あまりに唐突な遭遇に。

ルカは気配を消すことも忘れて窓越しの光景を凝視していた。

動揺をまず察知したのはマクミランだった。素早く拳銃を掲げルカのいる窓の方へと銃口を向ける。

「――誰ですか。出てきなさい」

丁寧だが有無を言わさぬ声に、ルカは下手な真似をやめ言う通りにした。

昏い表情のまま、素直に扉を開けてその場に立つ。

「！　ルカ……！」

ノエルが驚いてルカを凝視する。無理もない。鍵をかけ閉じ込めたはずだったのだから。

だが、今のルカにはノエルにごまかしや詫びを入れる余裕などなかった。

蒼ざめた顔で、ガラス管の――亡骸を見つめたまま動けない。

（そうか、数日前ぼくが感知したのは、この軍人が試作品のため利用しようとした彼女の魔力だったんだ……）

それ以降、反応を拾えなかったのは、マクミランが実験を取りやめたからだ。

手がかりのなかった「探しもの」が、こんな真相に繋がるなんて——

「困りましたね、〈スクルド〉の班長。どうやらこの生徒は話を聞いていたようです」

マクミランは、銃口をルカに据えたまま穏やかな口調でそう言うと、
そのまま引き金を引いた。

強烈な閃光と乾いた銃声。

マクミランの銃は弾丸ならぬ雷丸を射出する〈雷浄〉式の拳銃・雷銃だ。雷の弾丸には火薬の銃弾と同等の殺傷能力がある。

光の失せた視界にあったのは、天井を抉った雷撃の痕だった。

ノエルが必死の形相で、マクミランの腕を払い銃口を逸らしていた。

「……」

白けた目で、マクミランが正面に立つノエルを見下ろす。

「お待ちください少将殿！」震えを帯びた声でノエルは叫んだ。

「あたしの落ち度です！　ですが『友人』は今後のためにも、殺すべきでは——ッ！」

くぐもった音が弾けた。ノエルの声がちぎれ、その身体がくの字に吹き飛ぶ。

「まったく……何度私を失望させれば気が済むのです、〈スクルド〉の班長」

マクミランは露骨な嘆息とともに服の袖を叩き払う。

銃口を逸らすため、ノエルの手が触れていた箇所だ。

〈魔女狩り〉の接触――それが充分な理由とばかりにマクミランはノエルを撃っていた。

「さっさとその腹をふさいで〈魔女狩りの魔女〉の確保に向かってください。もうあなたに出来ることはそれだけですよ。簡単なお使いも出来ずにどうするんですか」

「…………う……ぐ……」

撃たれた腹部を手で押さえ、血を滴らせながらノエルは立ち上がった。

よろけた足取りで、その場で竦んでいたルカの前に立つ。

マクミランの銃口の狙いを遮るように。

「…………ノエル……」

「ごめん、ルカ、ほんとにごめん」

喉からこみ上がってくる血を嚥下し、腹部の修復を確かめながら、ノエルは振り向かずに呻くと――力をこめた目でマクミランを見据えた。

マクミランが次に撃つ瞬間を、全神経を懸けて捉えるため。

「次に、銃声がしたら――上に走って逃げろ」

低い声で告げる、その横顔をルカは見つめた。

軍人に服従し、任務に努め、その言動に傷つき翻弄され支配されても。
絶対である命令に背いても。
『——おまえだけは無事にかえすから——』
ノエルはルカに告げた言葉を守ろうとしていた。
「まったく……替えの補充は手間だというのに」
マクミランは、つまらない曲芸ばかりする動物を見るような目になると。
銃口をノエルの心臓に定め、間髪入れずに引き金を引いた。
ノエルを先に襲ったのは、背後からの衝撃だった。
ルカが、ノエルをその場から突き飛ばしていた。
雷丸が弾道に飛び込んだルカを襲う。
細い身体があっさりと部屋の外まで吹き飛んだ。
「ルカッ！」
悲鳴のように叫び、ノエルはルカに駆け寄った。
外に転げ出たルカの身体は、通路の手すりぎりぎりで留(とど)まっている。
坑底に落ちかけた身体に手を伸ばし——ノエルは硬直した。
被弾したルカの、破れた制服から噴き出す血の黒。

坑洞の暗がりでもはっきりとわかる、昏い艶を纏うその色に。

「な……っ!?」

息を詰まらせたノエルの目の前で、ルカから噴き出た黒い血は細かい震えを帯びながら蠢動していた。凄まじい速度で身体の傷を修復させながら、宿主の元へと還っていく。

その色を、光景を、見紛うわけがなかった。

〝万能の黒血〟

この世界で唯一、「それ」が有する黒。

戦場で、幾度も目にしてきた、何度も対峙してきた巨いなる邪悪。人類の天敵。

討ち斃すべき――

「……！　魔女だとッ!?」

異変に近寄ったマクミランが、ルカを見るなり大声で叫んだ。

「――！」

魔女。その言葉に。意識が脳を疾るより速く、ノエルは動いていた。

懐のペンを瞬時に閃かせ杖の形状にすると、先端に雷を宿らせ――

　雷杖を振り下ろす。

緋闇の鋭い雷は、傷を修復しかけたまま動かないルカ――いや、魔女へと叩きつけられた。

だが即座に放った〈雷浄〉の一撃には乱れがあった。

雷は拡散し、ルカだけでなく周りの床や手すりをも破壊する。

砕けた瓦礫とともに、ルカは壊れながら坑の奥へと落ちて行った。

——坑の底は思っていたよりもすぐだった。深さは、五十メートルもない。

上ではマクミランが声を荒らげている。ノエルの叫ぶような声も聞き取ることができた。

「なにをしているッ！　生きた魔女を破損するなど！　今や希少な素材が……！」

「相手は魔女でした！　あなたこそ、何を考えて——」

頭上の騒音の中、ルカは一緒に落ちた瓦礫に埋もれていた身体をそっと起こす。

（……もう、いいかな………）

ぽつりと過るその思いに、ルカの心は静かに凪いでいた。

銃撃の傷も、落下による骨や臓器の損壊も、ほとんど修復している。

それでもルカにそこから動く気力はなかった。

魔女だとばれた。もう、ヒトに紛れヒトの世で生きることは不可能だ。

今さらここを抜け出して、逃走と放浪をしていくことに——何の意味も見出せなかった。

……もう、充分生きた。

それが諦念なのか満足なのか、ルカ自身にはわからなかった。

ただ、むかし一瞬にして焼かれた、ヒトのコたちの死を前にした時と同じ感情があった。

むなしくて、かなしい。

とうに死んだと悟っていたはずの、エリフィティノールの死を、その変わり果てた姿をこの目で見てしまったからだろうか。

あらためて突きつけられた彼女の死に、今自分は打ちのめされている。

この感情は——

（エリフィティノール……きみの言う通り、ぼくはただの寂しがりだったんだね……）

あまりにひとりで生き過ぎて、自覚が乏しかった。でも今ならはっきりとわかる。

ぼくは孤独だった。ずっと寂しかった。

だから誰かを求めていた。だから今、独りだと思い知ってこんなに苦しい。

（どうせ……生き延びても独りだ）

今さら抵抗する気もなかった。

だけど誰が自分を殺すのだろうか。今、頭上にいるノエルが？

それとも——上官の命令を受けた、クオが？

その可能性にルカは息を凍らせた。

死。そんなもの今さら恐れることでもなかった。長く生きた先に必ずあるものだから。

だけど、クオが、ぼくを殺すのだとしたら。

『わたしはもう、仲間を、ともだちを、殺したく、ないんです……』

ぼくのことを必死で守ってくれた、そのために怒って、泣いてくれた――

『ルカは、と……ともだちですから』

ぼくをともだちだと言ってくれた――

クオに、殺されるなんて。

（……いやだ）

今まで感じたことのない恐怖に、ルカは小刻みに震えだした。

こわかった。クオに殺されることでも、死ぬことでもない。

自分を殺したクオに、あんな悲しい顔をさせることが。

ともだちを殺したと、クオが傷ついてしまうことが。

自分が死ぬことなんかより、はるかにこわかった。

ルカは瓦礫のなか無理矢理身体を動かした。身体の自由を取り戻すために身じろぎする

と、制服のポケットから乾いた音とともにそれが落ちた。

銀色の、小さな、ハーモニカ。

ルカは必死でそれを拾い上げた。

もめていないで、さっさとぼくを殺しに来い――

頭上の者の注意を引くために、ルカは力いっぱいハーモニカを吹いた。


甲高い音の重なりが、暗い坑洞（こうどう）に響き渡る。

その音に、言い争っていたノエルとマクミランが動きを止め、坑（あな）の底に視線を動かす。

さらにその頭上で小さな影が疾（はし）った。

別館の隠し扉から、手前にある手すりにロープの先端を引っかけ、真下に伸びる坑洞に飛び込んだそれは、身体に巻き付けたロープごと坑の底深くへと突っ込んでいく。

「――!?」

気配に気付いたノエルが見上げ、反射的に雷杖（トールバール）から〈雷浄（ルーメン）〉を放つ。

その軌道を避（よ）け、小さな身体が宙で器用に身を捻（ひね）ると。

次に翻（ひるがえ）ったその手には、一丁の雷銃（トールスクロプ）が携えられていた。

大きな藍（あお）の目が目標を捉える。

引き金が絞られ、雷丸が閃く。

落下しながら立て続けに二発。

すると空間に波及した雷閃同士が結びつき、閃きを拡大させた。威力は拡散したものの、網目状になった雷は強烈な光でノエルとマクミランを覆い、動きを抑え込む。

「……くっ……！」

視界を埋める雷閃の中でノエルは雷杖をかざすと、落下するものに向かって一撃放った。

小さな躯体は、宙で鋭く旋転しそれを回避する。

だが飛び散った雷の一筋がロープを切断していた。

ロープから解かれた身体は動じることもなく、真横の壁を蹴って落下の勢いを削ぐと、宙でくるんと回転し、軽やかに坑の底へと着地する。

降り立った者の姿にルカは目を見開き、次に吐く息を震わせた。

「きみは……呼んでないよ……」

それなのにどうして今、ぼくは、こんなに嬉しいんだろう――

目の前に、自分をまっすぐに見つめるクオがいた。

◇◇

「ルカ、大丈夫ですかっ？」

瓦礫にまみれたまま茫然としているルカのもとへ、クオは駆け寄った。

「……………なんで、どうして、クオ、ここに……」

「あ、あの、どうしても、気になってしまって……」

クオはたどたどしく答えつつ、瓦礫の中にいたルカを手早く引きずり出す。

「今日ずっと、何か悩んでるみたいでしたし、でも、言えないことでしたら無理に聞けないですし、ちょっと、迷ったんです、けど、でも」

ぼろぼろになったルカを両手で抱え上げ、顔を向き合わせるとクオははっきり言った。

「ルカが学園の理事に呼び出されて、ノエルに連れて行かれたって、クラスの方に聞いたんですっ。それで、急いでルカのこと探しました」

廊下へ出てしまったクラスの女子たちへ、どうにかお礼のクッキーを渡した直後。

教室から姿を消したルカの行方を、その場に残っていた生徒に尋ねたのだった。

自分から人に問いかけるのは莫大な勇気を要したが、女子たちはあっさり答えてくれた。

ルカが理事の呼び出しで、ノエルに連れて行かれた、と。

ノエルを使いに出したその学園理事が——王国軍少将でもあるマクミランだとしたら。

「軍と関わる状況は、ルカはやっぱり気を付けた方がいいですし、心配で——」

校内を探し回っても埒が明かない。そこでクオは思い切った行動にでた。

自分を屋上で監視しているノエルの仲間——〈スクルド〉の班員へ、自ら接触したのだ。

監視相手が直接乗り込んでくる想定外の状況に、

『え⁉ なにうそマジ⁉』『ちょ、え、なんすか⁉』

〈スクルド〉の少女二人は大いに慌てふためいていた。クオは詰め寄ると、

「ノエルの悪いようにはなりませんので」「とにかく急ぎで」「これも付けますっ」などと捲し立て、お礼のクッキーの残りを押しつけたりと無茶苦茶な交渉を繰り広げた。

その勢いに呑まれた二人は、ノエルがルカを連れて別館に向かったことを教えてくれた。

彼女たちが重大な状況とは知らずすんなりとクオに答えたのは、ノエルが〈スクルド〉の班員に、マクミランからの命令内容を伝えずにいたから、というのもある。

一般生徒を人質にとるような汚れ役を、ノエルはひとりで抱え込むつもりだったのだ。

「そ、それで、別館の隠し扉の奥から銃声がしたので、手前にあった武器をお借りして、ここに来たんです」

銃声とその反響音から坑洞状の地下構造を把握しつつ、最低限の軍用武器とロープを携え、クオは地下に飛び込んだ――

迷いなく選び、行動して、今――クオはルカの目の前にいた。

「間に合って、よかったです。ルカが、無事で――」

ルカは、ようやく驚きで見開いていた目をゆるゆると下に伏せた。

「クオ……ごめんだけど、今は、いちばん間が悪いよ……」

ルカは力なく自嘲して、胸元がぼろぼろになった制服を示して見せた。

「……ばれちゃったんだ……ぼく、魔女だって……」

クオを目にした嬉しさが、今ある現実を前に失意で染まっていく。

「だから、クオは知らなかったってことにしてよ……」

ハーモニカを握っていた指が力なく緩む。

その手を、クオは両手で掬い上げるように包んだ。

「ルカ、あの、もう少しこのハーモニカ、預かっててください」

おずおずと口にするクオの言葉に、ルカは顔を上げた。

「ここから帰ったら、また吹き方教えます。これは、呼び笛じゃないです、から」

そう言ってぎこちなく「ふへ」と慣れない笑顔を作って見せる。

この状況で、クオはともだちとしてルカに触れることを止めなかった。

ルカが魔女だろうと関係ない。

ためらいも、迷いもなく。

クオは、ルカのことを助けるためにここに来たのだ。

ルカが再び見開かれた目を揺らし、熱く震えた声を絞り出す。

「クオ、きみは、本当に――」

続きの言葉を、轟音が遮った。

坑洞を縦に貫く、巨木のような赤く黒い雷が落ちる。

雷閃が圧となって動きを奪う。ようやく薄れた光に顔を上げると――

上層から降りたノエルが、対い合うように立っていた。

衝撃波に髪をなぶらせながら、鋭く硬い眼差しがルカを、そして――クオを射貫く。

「知ってたのか、先輩。……ルカ――そいつが、魔女だって」

「はい」

クオはルカを背後にして〈魔女狩り〉の隊服姿のノエルに向き直ると、静かに頷く。

ノエルはその目を前に、ゆっくりと顔を歪めた。

「〈魔女狩りの魔女〉なのに、魔女を討伐せず、そいつを――助けに来ただと……？」

それは自分たちにとって、命令違反なんて言葉では収まらない。

〝魔女は必ず討ち斃す〟

〈魔女狩り〉としての命題を、存在を、意味を、すべてひっくるめて否定する。

途轍もなく深く重い罪だ。

鋭く滾る感情で歪に引き攣るノエルの表情が言わんとしていることを、クオは正面から無言で受け止める。

「裏切って、騙してたんだな……仲間を、殺したくせに、魔女なんか、守りやがって……！」

火を吐くように声が煮える。携える雷杖が震える。

赫赫と迸る雷閃が、ノエルの怒りを喰らって肥大していく。

「あんたは——敵だ。今ここで討つべき、滅ぼすべき、魔女と同じ……！」

バリバリと音を立てて拡がる緋闇の雷を振り上げ、ノエルは叫んだ。

「〈魔女狩りの魔女〉‼　あんたはあたしが殺してやる‼」

怒りの一閃が、振り下ろされる。

視界を灼く最初の一撃に向かって、乾いた音が飛び込んだ。

「……！」

衝撃があさっての方向に流れた。

ノエルの手元に痺れが走る。

クオが雷銃でノエルの雷杖の柄を撃ち、〈雷浄〉の一撃を逸らしたのだ。

ノエルはすぐさま銃口と、その持ち主を睨むと地を蹴った。

一瞬にしてクオに迫近し、次に雷杖を振りかぶった瞬間——

杖が雷閃の中、瞬時にその形状を変えた。

諸刃を剝いた直刀のサーベル。

黒い刀身を緋闇の光が血管のように巡り、刃に雷が迸る。切っ先が瞬速で間合いを破る。

疾る刃を鋭い金属音が遮った。

激突した雷電の衝撃に二人は同時に互いから飛び退る。

クオの手には青白い雷を刃に纏う軍用ナイフ型の雷刀が握られていた。

クオは〈魔女狩り〉専用武器の雷杖を持っていない。手にしているのは雷銃同様、

軍人向けの〈雷浄〉式対魔女戦闘武器だけだ。

「今さら特殊任務の『〈魔女狩り〉の力を使わないこと』なんて、遵守するつもりかよ」

ノエルの声が昏い怒りに滾った。

刃よりも鋭い光を凝らせた、鬼気迫る睨眼でクオを見る。

「そんなもので、あたしの相手ができると思ってんのか――」

「……」

クオは銃とナイフを手に携えたまま、ノエルの言葉を肯定するように無言だった。

余計な力の抜けた佇まい。そこには人を前にしたときの怯えは片鱗すらない。

「ふざけやがって……！」

ノエルが唸り、魔力が雷と化し、刃が尖り、地を砕いた脚力で飛ぶ。

すべてが同時に起こり、次の瞬間、ノエルはクオに斬りかかっていた。

雷を纏い、閃きの速さで迫る。

間近から繰り出される刀の連撃を、クオはすべて受け止めた。

互いの手にする刃が、ぶつかるたび雷を撒き散らし、悲鳴じみた音を立てる。

クオはノエルの攻撃筋を見極めながら、雷装も硬度も不利な武器で、刃を弾き、受け止め、いなし、躱し、強大な〈雷浄〉を纏うノエルの刃と渡り合っていく。

と――次に迫ったサーベルが唐突に閃きを帯びる。

反射的に上へと弾くと、ノエルがそのまま武器を大きく振りかぶってきた。

瞬時に、頭上で刃が別の得物へと変形する。

先端に棘付きの球体を持つ棍棒――メイス。その一撃がまっすぐに振り下ろされる。

クオは即座に横に飛ぶ。一瞬前まで自分のいた地面が粉々になって窪んでいた。人の肉や骨ですら容赦なく叩き砕く一撃。

〈魔女狩り〉は雷杖を己の戦闘スタイルに合わせた雷装武器に変形させる。魔力の消費と戦闘技の安定のため、変形させる武器は通常一種類だ。

だがノエルは戦闘に合わせて武器を瞬時に多種に変形することができる。それは〈魔女狩り〉の中でも驚異的な魔力量と戦闘センスが成せる離れ業だった。

〈如意刀刃〉――自身の独自魔力をノエルはそう名付けている。

「……いつまでもいなせると思うなよ」

ノエルは唸るように言うと再び武器を変形させた。

身の丈ほどの長槍。獣の牙のような鋭い穂先が一気にクオへと突き迫る。

その切っ先にクオは雷銃を一発撃った。切っ先が弾かれ僅かに上に傾ぐ。その隙をかいくぐり、ノエルに向かった。

すぐさま振り下ろされる槍の柄をナイフの鍔で下から受け止めながら、クオはノエルと間近で向き合った。

「ノエル、黙っててすみません。でも、ルカは敵なんかじゃないんです」

「ふざけんな！　あいつは魔女だ！　なんで討伐しねえんだ⁉」

「ともだちだからです！」

下から上へ、押し弾く力がノエルを圧倒した。大きく後ろに跳んで身構えるノエルを、クオは追撃しなかった。その場で手を胸に添え、つっかえながら声を張る。

「ルカはわたしのともだちなんです！　ルカは、人のことを思って、人を助けるために行動できて、優しくて、一緒にいて楽しいって思う、わたしの大切な人なんです！」

――あ、魔女ですけど、と気付いて慌てて訂正する、が、すぐに頭を振った。

「人か魔女かなんて関係ない、わ、わたしはっ、ここで――この学園で、ルカと一緒に生きていきたいんですっ、だから助けに来ました！」

――〈魔女狩り〉として失格であろうと、後悔はない。

『なんでも言ってよ。思った通りに行動してよ』

――自分の選択を、ルカが受け止めて、笑ってくれるから。

「命令でなく、わたしが、選んで、ここに来たんです！」

力がこめられたその言葉に。

「――ふ、ッ……」

ノエルは呻いた。口内に血の味が拡がる。自分でも抑えが利かない力で唇を噛んでいた。

「ふざけてんじゃねえぞ！」

怒号が絶叫となって坑洞に響く。手にする武器が鋭い雷閃とともに形を変える。

無防備に自分を説得しようとするクオへと、ノエルは獣のように飛び掛かった。その手には、最も使い慣れたサーベルの刃がある。

その猛撃はクオに届く前に阻まれた。防御にナイフをかざすクオの腕はびくともしない。

さっきまで震える声を張り上げていた少女のものとは思えなかった。

「あんたは仲間を殺したんだろ⁉　なのに、なのに……っ、魔女と一緒に生きるだと⁉」

渦巻く怒りと憎悪が絶叫となり、容赦ない必殺の連撃となってクオへと殺到する。

「ふざけるなふざけるなふざけるな……っ！　誰がゆるすかそんなことっっ！」

サーベルによる横薙ぎ、袈裟斬り、斬上げ――目にも止まらぬ連撃は激しさを増す。

「ノエルっ」

あらゆる攻撃を見切り、そのどれをもナイフで打ち払いながら、クオは声を張った。

「わたしは『あのとき』、仲間を、殺しました――だからこの先も恨まれて、赦されなくても当然だと、思ってるんです――、でもっ……」

首筋めがけて迫る刺突を、クオは鋭く横へと打ち弾いた。

「わたしは、このまま生きていきます——っ」

仲間殺しの裏切者に対する、殺意に満ちたノエルの目に、クオはまっすぐ向き合った。

「自分のやってきたことを背負って、戦争が終わることをねがってた仲間のことを想って、『普通の生徒』になって、ひとりじゃなく誰かと、生きていくって——決めたんですっ」

「…………っ！」

必死で言葉を紡ぐクオに、ノエルは答える代わりに無言の剣戟をさらに浴びせた。

クオに向けるべき殺意が揺らぐ、そんな己の惑いを払拭するように。

激しさを増す攻撃が、ナイフで防戦一方のクオを圧倒していく。

鮮やかな赤と黒の雷が、辺りに血のように撒き散らされた。

「……っ、くそ……！」

優勢に動いているようで、ノエルは一向に勝機を見出せない。

クオはノエルの攻撃を受け止め、反撃しないことをあえて選んでいるように見えた。

「なめやがって……！」

ノエルは頭上でサーベルを振りかぶった。渾身の斬落。

轟と迫る刃に、クオは左手の銃を手放し、ナイフを両手で身構える。

ぶつかりあった刃が甲高く嘶き、空間を裂帛した。

青と赤の雷が入り混じり、紫電となって二人の周囲に飛び散る。
ついにクオのナイフが刀身に罅を走らせた。充電式の雷装も残り僅かだった。
ノエルのサーベルも、急激に注力された魔力の負荷に軋みを上げ始めている。
小刻みに震え合う刃越しに、ノエルは気炎を上げた。
「命令を果たせない、命令に背くような〈魔女狩り〉なんて存在できねえんだよ！
あたしたちに与えられた命令以外の道があるわけねえだろ！」
泣き叫ぶような声に、クオはノエルの思いを汲み取った。
ノエルはマクミランの命令で、ルカをこんな場所に連れ出した。
どんな目的であろうと普通の生徒に力ずくなんて真似、したくなかったはずだ。
でもやるしかなかった。――命令だから。
クオにはその葛藤が判る。同じ〈魔女狩り〉として。
わたしたちは、たとえどんな命令だろうと、必ず果たすしかない。
戦場では、〈魔女狩り〉はそのためだけに存在していたのだから。
ノエルが血を吐くように、嗄れた声で呻く。
「自分で選ぶだと……？　そんなこと、できるわけ……！」
命令を果たせないことは、〈魔女狩り〉としての存在意義が消え失せることと同じだ。

自ら志願して特異な力を持つ存在となった〈魔女狩り〉にとって。

〈魔女狩り〉ですらないと見なされることが、どれほど怖ろしいか。

だから——自分の意思で選ぶなんて。考えて決めて、行動するなんて。

戦場ではクオだって、できなかった。

だけど。

今は、もう違う。

「できます。きっと、やってみせます」

クオはノエルに、そして自分自身にも言い聞かせるように、はっきりと言った。

「わたしは、命令があっても、大事なことは、自分で選んで、行動します」

「……だからルカを助けに来たのか」

「はい」

「……っ、それで〈魔女狩り〉を、全部を、敵に回してもいいって言うのかよ！」

「はい」

この気持ちに迷いはない。噛み合う刃越しに、クオはノエルを見つめ返す。

揺らぎのない、強く澄んだ瞳で。

「わたしはルカと、ともだちと、一緒に生きていきたいんです。ルカのためなら、ともだちを守るためなら――迷わないです」
静かで、しかし力ある言葉が合図となった。
競り合っていた刀身が、乾いた音とともに弾かれ合う。
二人はその場から動かなかった。次の一手が互いを撃つ、近接一択の間合いで。
同時に動く。
クオはナイフを身構えた。刀身創痍の刃の上に蒼白の雷が迸る。
ノエルは持てる魔力をサーベルに注ぐ。赤黒い閃きが溢れ返る。
刃と雷が、ぶつかり合う。衝撃と閃光と音が一気に激突して空間を支配した。
灼ける視界のなかで――
心臓めがけて迫るノエルの刃を、クオは雷刀で打ち弾いた。
サーベルの緋闇の雷に喰われ、クオのナイフは蒼白を散らしながら粉々に砕かれる。
ノエルは一瞬後ろに傾いだだけだ。再び刃が襲い突く。
クオは空になった左手を真正面に掲げると、
迫る刃の切っ先をそのまま掌で受けとめた。
凄まじい勢いで突き迫ったサーベルがクオの薄い掌を貫き、柄まで到達する。
クオは刃に貫かれた手の自由が残る指先でノエルのサーベルを掴み、動きを封じた。

「……⁉　…………なっ……あ……っ」

ノエルが眼前で飛沫く血と手元の光景に目を剝く。

近接で武器を抑え込まれ、凝然とするノエルにさらに進み出ると――

クオは刃の砕けたナイフを捨てた右手で、ノエルの肩を抱き寄せた。

「……！」

次に訪れるべき死の感覚が――やわらかく温かな感触になって懐にある。

ノエルは動けなくなっていた。

クオは、ノエルの肩に顔を埋めるようにして、おずおずと口を開いた。

「す、すみません、その……た、戦いながら喋るのが、どうしても苦手で」

「…………あ…………？」

「あ、あと、自分の考えを口にするのは、上手くなくて、でも――」

サーベルに掌を貫かれたまま、滴る血も構わずクオは懸命に声を張り上げた。

「わ、わたし、自分で選んで、行動するって言ったんですけど、き、きっと、わたしだけじゃなく、ノエルだって、できると思うんです……っ」

クオはそう言うと、ノエルの肩を抱いた右手にぎゅっと力をこめた。

「だってノエルは、わたしを助けるために、もう行動してくれていたんですから……っ」

「……？」

わけがわからず凝然とするノエルに、クオは大きく息を吸い、はっきりと言う。

「中庭でわたしが怪我をしたとき、ノエルはハンカチで血を隠してくれたんですよ」

〈魔女狩り〉の証拠である血の修復を、友人であるルカに見られないように。

「………あれは……ただ……」

ノエルは弱々しく呟いたきり、続きの言葉を失くした。

任務上、正体を隠すのはクオ自身の責務だ。

でもノエルは、何気ないゴミ掃除での作業――あんな不測の事態で〈魔女狩り〉の正体がともだちに晒されるなんて避けるべきだと――

そう思って、クオの手にハンカチを巻いてくれたのだ。

「ノエルが思って、行動してくれたから、わたしは助けられたんです」

何も言えず、動けもせずにいるノエルへ、クオは静かに、確かな口調で告げる。

「ノエルはこの先も、自分の『やりたいこと』を選べます。なんでも言ってください。今度はわたしが、ノエルの助けになりますから」

それはクオがルカからもらった言葉だった。

『クオが選んだことなら、誰が何言おうとぼくは何でも歓迎するからさ』

〈魔女狩り〉として命令の下で生きるしかないと思っていた自分という存在を、その意思を受け止めてくれる――

そう言われただけで生きていけるほどの、大切な言葉だった。

「あ、でもその、別にわたしの助けなんて、要らないかも、ですけど、なんかその、」

……やっぱり自分の意思を言葉にすると、あれこれ考えて締まりがない。

だけどどうしてもここまでの言葉を伝えたくて、クオは少し無茶な一手を選んだ。

戦いで勝敗をつけるのではなく、相手の懐に居られる方法を。

先日、アビゲイルの視線を逸らすために身を挺して抱きついて、自分なりに難を逃れたことがあった。それと同じく突飛な行動、しかし豪胆ともいえる手段を前に。

……ついにノエルが力の抜けた息を吐いた。

「なんだよそれ……」

魔力を全注力した渾身の一撃を放った。

それをようやく思い出したように、ノエルの膝から力が抜け全身が重くなる。

「わ……っ、と」

もたれてきた身体を、クオは慌てて抱き留める。

「そう、だよな……あんたが、仲間を望んで殺すなんて……そんなわけないって……判るのに」

殺意の溶けた声に、クオは何も言えなかった。ただ、ノエルの身体を支えていた。

そこでノエルは、手にしたサーベルをクオの掌から引き抜いた。

クオの掌は、魔女の血が修復を始めているものの刃で貫かれ痛々しい。飛び散った血は制服を赤く染めていた。

「……ごめん」

ぽつりとノエルは呟いた。

「あ、いえ、大丈夫ですよ。すぐ治るので——」

「制服、汚した……せっかく、かわいいのに」

心底申し訳なさそうに、ノエルがそう言って俯くと、

「あ……っ、わ、わたしもそう思いますっ」

クオが浮つかせた声とともに、ぱっと顔を上げた。

「この学園の制服、すごくかわいいですよね！　わ、わたし、初めて着たとき、すごく嬉しかったんです。スカートの裾の、ここのふわふわが、すてきで」

はにかんだ笑顔になると、顔を上げたノエルが「ふ、」と目元を和らげた。

「なんだ……あんたも、そうだったんだ、おんなじなんだ……」

「はいっ」

「おなじ、なのか……」

――だったら、あたしも……選べるのかな……。

ノエルの薄い声が喉を掠(かす)める。

そこで力が途切れたらしい。

胸元にぽすん、と崩れたノエルを受け止め、クオはその場にへたりこんだ。

二人の様子を窺いながら、ルカがそっと歩み寄って来る。

「やっぱり不思議な対決だったねえ」

ルカはしゃがむと、クオと目線を合わせた。

「でも拳を交わし合って思いをぶつけて――熱い友情を育めたんじゃない？」

結果、そういうことになった……のだろうか？

しかしクオは気まずそうに、呟く。

「いえその、でも、対決とか、ケンカは……こまります」

　坑底での戦闘の顛末（てんまつ）を見下ろしていたマクミランは、苛立（いらだ）ちに顔を歪（ゆが）めた。

〈無能が……。だが〈魔女狩りの魔女〉の力は本物だ。魔力を使わずこれほどとは
……！〉

〈スクルド〉の処分を決定事項にしつつ、マクミランは素早く思考を切り替えていた。

　これは好機だ。〈魔女狩りの魔女〉がこの施設内にいる今こそ。

〈確保せねば。手段なら、まだある〉

　マクミランは室内に戻ると、この坑洞設備を司（つかさど）る操作盤に指を走らせた。

　部屋の横にある隔壁が左右に開かれると——奥行（おくゆき）のある空間が広がった。

　そこには彼が横流しなどで手に入れてきた対空砲などの大型兵器や、最新鋭の〈雷浄（ルーメン）〉砲、それらを駆動させるための〈雷浄（ルーメン）〉充電設備が居並んでいる。

　中心に鎮座しているのは、陸上戦車ほどの大きさで鳥の卵に似た歪んだ塊だった。

　最新兵器を搭載した新型兵器だ。あとは魔力で機動性を安定させれば完成する。

　その要となるはずだったのが〈魔女狩りの魔女〉の血だった。

　人体と魔力の親和性。後に量産された次番（クォーター）世代とは桁違いの魔力量。

　なにより、奴（やつ）の魔力には欠番（ヌル）にもなかった、異質で強大な力を内在させながら決して暴走しない——高度な安定性がある。

だからこそ、どんな手段をとっても確実に入手したかったのだ。

しかし今の状況で〈魔女狩りの魔女〉に太刀打ちできるのは、この試作兵器と——

魔女の血しかない。

マクミランは新型兵器の外装の一部を乱暴にはがすと、〈雷浄(ルーメン)〉式の駆動系端末を起動させ、『魔女の断片』を収納したガラス管を取り出す。

「……っ、血の、一滴でも…………ッ」

そのとき、作業に急(せ)いた手元からガラス管が滑り落ち、床で砕け散った。

中にあった魔女の心臓の断片が、外界に晒されたその瞬間。

どす黒い血が網目状に広がり、間近にあった新型兵器を搦(から)め捕った。

第十章〈魔女狩りの魔女〉と最後の魔女

最初にその異変に気付いたのはルカだった。
ぴくりと震え、顔を上げる。
その反応に、クオが気付くと同時に――
頭上で甲高い音が炸裂し、坑洞の内壁にある部屋のひとつから爆煙が噴き出した。
立ち込める煙の向こうで、金属がひしゃげたような音がくぐもる。
「魔力が……まさか……、あいつの……！」
煙と音の奥にある気配に、ルカが愕然と呟いた。
ふらつくノエルに肩を貸して立ち上がったクオが、はっとその横顔を見る。
「！　ルカの探していた魔女の……？」
ルカが過去に出会ったという魔女。
もう死んでいる、だから弔いたい、と探していた――
ルカは頷く。

「あそこにいた軍人が、エリフ——魔女の欠片を持っていたんだ。軍人はあいつの血を使って新型兵器を開発していたらしい。クオ、きみの血も狙ってたみたいだよ」

見据える先に在るのは、濃厚なまでの魔女の血の気配だった。

軋むような音が徐々に近付いている。

「あの軍人、何かしくじったんだね……あいつの力が、解放されてる」

「で、でもその魔女はもう——」

死んだはずでは。

クオは頭上を仰ぐ。

死んだはずの魔女の力。それが爆煙の奥で、蠢動のたびに施設全体を震わせている。

「前に言ったことあるでしょ、クオ。魔女の血はね、死んでも魔力が残るんだよ」

死んだ魔女の肉片が、湖に落ちて辺りを腐らせ死の湖畔に変えた——という逸話。

魔女はたとえ死すとも血に魔力を遺し、肉体に意志を遺すのだ。

怨念のように。

「魔女の心臓が、新型兵器を取り込んだんだ——あいつは最期の意志でヒトを滅ぼそうとしている」

次には轟音が坑洞を震わせた。

爆煙を破りせり出てきたのは、鈍い艶を帯びた真っ黒の巨大な球体だった。

体側に生えた四肢が伸び、部屋を破壊しながら全貌を現す。

手足の生えた黒鉄の卵――

無機質な鋼鉄の表皮に、生き物に成り損なった手足が附随した異形の巨体。

兵器を取り込んだ魔女の遺志が、最期に見せる悪夢がそこにあった。

それは崩れた部屋と内壁に四肢でへばりつくと、次には球体の背部をぱっくりと割り、内部から鉄骨を展開して鳥の両翼のように拡げる。

その翼に――雷閃が迸り、次には〈雷浄〉が光線状に、辺り一帯にぶちまけられた。

雷閃が触れたものをすべて灼き、爆散させる。

坑洞の内壁、通路が崩壊し、瓦礫の雨が坑底のクオたちに向かって篠突いた。

「！　こっちですっ」

クオたちは穴底の縁にあった窪みへ退避する。

瓦礫の崩落が収まると、異形は割れた球体から真っ黒な塊を産み落とした。

ズン――と、重量ある鋼鉄の塊が穴底を揺るがすと、次には見上げるほどの高さの円錐にその形状を変えた。

魔女の血の作用だろうか、それは鋼鉄でありながらも柔らかく歪み、豪奢なドレスのように裾を波打たせ、同時に錐の頭頂部も変形させる。

そうして黒鉄は、一体の巨大な人型となった。

昏く艶めく黒の女性体。細い首と優美な頤、微かに開かれた唇の形が象られ、整った鼻梁が形を成すが——目元は豊かな黒髪に覆われ、表情もない。

その無機質さが、容赦なく、残酷なまでに美しかった。

「エリフィティノール」

ぽつりとルカはその名前を口にした。なつかしさとかなしさが綯い交ぜになった声で。

その声に反応したかのように、女性体は顔をもたげ唇を開く。そして。

「————————————！」

耳が拾える音波を遥かに超えた絶叫が空間を圧する。

ヒトを滅ぼす。

強烈で圧倒的な彼女の最期の意志が、そこにあるものすべてを震わせた。

悲鳴とともに、上層階から瓦礫とともに落ちる者があった。

解放された魔女の力の衝撃で吹き飛ばされたマクミランだ。瓦礫に身体のあちこちをぶつけながら坑底まで落ちると、小さく呻いたきり動かない。

「……生きてる……けど、少将殿、余計なことしやがったな」

壁に手をもたれ辛うじて立つノエルが、苦々しく上官を睨む。

ノエルとの戦闘直後のクオを狙い新型兵器を起動させようとして——失敗したのだ。

落下したそれに黒鉄の魔女がきろりと頭部をもたげた。

瓦礫でなく生体に優先して反応するのか、マクミランに向かってドレスの裾が一部展開し、〈雷浄〉が射出される。

漆黒に浸食された蒼——黝い鮮烈が押し寄せた。

魔女の魔力を直に転換した〈雷浄〉の閃き。その蒼黒が容赦なくマクミランの身体を灼き貫く——

寸前を、疾駆する影が遮る。

マクミランの襟首を摑んだクオが〈雷浄〉をぎりぎりで躱していた。

そのまま身体を引きずりながら、相次ぐ〈雷浄〉を回避し、坑洞の窪みまで運び込む。

「——気絶してるだけです。でもあの、兵器から魔女の力を分断する方法とかあるんでしょうか？　少将殿から聞き出せれば……」

「無理だね」ルカはすぐさま答えた。

「〈魔女狩り〉の血と同じだ。一度融合したら魔女の血は分離できない。あれはもう、魔

女として扱うしかないよ」

それも――超大物の上級魔女として。

魔女としての生前の力に新型の兵器が融合しているのだ。相互の強さを最悪な形で助長させている。魔女の脅威の目安となる体長は優に五メートルはあった。

黒鉄の魔女は、窪みの陰に駆け込んだクオを追撃しなかった。

優先すべきことがある、とばかりにその頭部がついと天井を仰ぐと――長大な漆黒のドレスが幾重にも展開される。

拡がった裾に搭載された最新鋭の〈雷浄〉砲。びっしりと居並ぶ砲口が――

一斉に、閃く。

禍々しい蒼黒の雷閃が無秩序に、無軌道に魔女を起点に放射された。

〈雷浄〉が辺りにある瓦礫を砕き、内壁にある通路を切り刻んでいく。

破壊の勢いはなお止まず、抉れて剥き出しになった土をも灼き砕く。

破壊された物が宙を落ちながら爆ぜ、地下の空気が一気に焦げ、立ち込める粉塵をさらに雷閃が撫で、塵に電気が着火し、粉塵爆発を巻き起こす――

まるで戦場をいくつも詰め込んで凝縮したような火力と轟音が一度に巻き起こった。

狂乱する空間を統べるように、黒鉄の魔女はその場で佇んでいる。

クオたちは圧倒され動けない。

「っ、なんだよこれ……っ、暴走してんのかよ！」

ノエルが慄然と叫ぶ。このままでは生き埋めか蒸し焼きになるのも時間の問題だ。

「……いや、準備運動みたいなものだよ。自分が手にした力の具合を確かめてるんだ」

破壊の中心で佇立する黒い女性体を見つめながら、ルカが冷静に呟いた。

現に黒鉄の魔女は「試し撃ち」をしたことで、兵器の性能を把握したようだった。ドレスのようにまとわれた外装に、艶やかな蒼黒の閃きを彩らせながら——魔女は車輪か多足を思わせる滑らかな歩進を開始した。自律して、動いている。

マクミランが開発をすすめていた「最強の動力に最新兵力を搭載した機動兵器」。

その理想と機能が、余さず魔女の力に乗っ取られているのだ。

「……っ、まずい、あいつがここから出たら……！」

ノエルが抱いた不吉な予感に応じるように。

間髪入れずに蒼黒の雷閃が天井へと昇る。瓦礫と土が雨を成した。

屋根を破り地上に出るつもりだ——

この破壊力が外に振りまかれれば、火の海では済まない。

ノエルが焦燥で声を荒らげた。

「ルカっ、おまえならあいつを説得できるんじゃないかっ？　止める手はねえのかよ！」

「それもう無理だよ」ルカは静かに、はっきりと言い切った。

「あいつはもう死んでる。あるのは死ぬ直前の意識だけ……こっちの声は、届かないよ」

そしてその遺志を、奇（く）しくも最新鋭の兵器が実現させてしまった。

兵器はすべて亡（な）き魔女の遺志のもとにある。女王に完全平伏した下僕（しもべ）のように。

その力は余すことなく世界の、人類の破壊へと注がれるだろう。

「だったら……討つしか……！」

ノエルは呻き、サーベルを握りしめた。

だが今のノエルには武器を雷杖（トールバール）に戻す魔力すら残されていない。クオを相手に全身全霊の力を使い切ってしまったのだ。

「――あ、あの」

歯噛（はが）みするノエルの前に、クオが一歩、踏み寄って来た。

俯（うつむ）きつつ、おそるおそるの上目遣いで、

「あの、ノエル、すみません、その雷杖（トールバール）を、ちょっと、お借りしてもいいですか？」

「え……？」

「あの魔女を止めるなら今しかないです。力を使うには、どうしても雷杖（トールバール）が必要なの

で」

　まさか――

「〈魔女狩り〉の力を使うつもりか……？」

「はい」

　目を見開くノエルに、クオははっきりと頷いた。

〈魔女狩り〉の力を使えば処分決定――それがクオの特殊任務だ。

　ノエルは即座に首を横に振っていた。

「だめだろ！　あんたが、そんなことしたら……！」

　たとえこの状況下でそれしか方法がなかったのだとしても、クオ処分の大義名分にする軍の幹部は少なくないはずだ。

　魔女を討ったとしても、〈魔女狩り〉の力を使ったクオは、処分という名目で殺される。

　ここで戦うということは、死が確約された選択なのだ。

　だが、クオの顔には命をなげうつ者の悲壮さはなかった。ルカを助けに来た時と同じ、まっすぐで真剣な眼差しで、

「ここから生きて脱出するためにも、今倒さないと、ですから」

クオの目は、みなを守り抜き、その先にあるものを見ていた。

明日も平穏無事に開かれる学園と、そこに通う者たちのため。それと──

「学園が壊されて、明日休校になってしまうのはこまります、ので」

求める明日には、クオ自身の未来も含まれていた。

決して捨て身になったわけではない。

それを見たルカは、ふ、と安心したように笑った。

「クオ、きみは迷わないんだね──大切なことのためなら……」

優しく呟いたルカへ、クオはあらためて向き直る。

「ルカ、わたし、あの魔女を斃(たお)します。すみません、ルカが弔いたいって言ってたのに」

「いいよ」ルカは簡単に頷いて見せた。

「だけどきみはちゃんと無事に帰って来てね」

「──はい」

クオも頷きを返す。

「……」

その胸の前に、ノエルは無言でサーベルを──自前の雷杖(トールバール)を差し出した。

クオは「ありがとうございます」と受け取り身を翻(ひるがえ)すと──

地を蹴って駆けた。

急速で迫る生体に、黒鉄(くろがね)の魔女が反応した。

直線距離で八十メートル――いや、もうその半分もない。一気に迫近(はくきん)する軀体(くたい)。

天井に放たれていた砲撃が、足元に迫るものに標的を変更する。

滑らかに拡(ひろ)がる裾の内部で、魔女の血に取り込まれた最新鋭の〈雷浄(ルーメン)〉砲が並列する。

砲口が一斉に昏い蒼の光に満たされ、次には大量の〈雷浄(ルーメン)〉が射出された。

疾駆するクオは、その足を止めない。

正面からどす黒い蒼の光に包まれながら。

ノエルから借り受けた雷杖(トールバール)に力をこめた。

魔女と人の血を半々に有する『初番(ハーフ)』であるクオの、魔力が顕(た)ち上がる。

〈魔女狩りの魔女〉とあだ名される、その力が。

坑洞を揺るがす〈雷浄(ルーメン)〉の嵐。

標的となったクオへ、轟音(ごうおん)と破壊が殺到する。

が、押し寄せる蒼黒の光は、鋭い衝撃波によって炸裂(さくれつ)前に飛び散っていた。

深い黒と鮮烈な緋による〈雷浄〉の一閃。

そのたった一撃が、黒鉄の魔女による〈雷浄〉をすべて散らしていた。

光が拭われ露わになった視界には──雷杖を手にしたクオがいる。

掲げる杖の先端が花開くように展開され、その内部に緋闇の雷が孕まれる。

対する黒鉄の魔女が従える砲口も、一斉に蒼黒の光を膨らませる。

だがその光を鋭い緋闇の雷が先に貫き、砲口ごと破壊した。

漆黒のドレスを大きく翻した衝撃に、巨体が傾ぐ。

「────────────ッッッ！」

金属をこすり合わせたような軋んだ音が黒鉄の魔女から悲鳴のように発せられる。

怒れる魔女の黒い全身が振動すると、
次にはドレスのみならず、背面が両翼のように拡がった。

倍では利かない〈雷浄〉砲が展開され、瞬時に攻撃が始まる。

蒼黒の苛烈な豪雨が迫る。

その猛撃をかいくぐるクオの動きは、壮絶な舞いとなった。

瓦礫にまみれ崩壊した足場を凄まじい速さで駆け、鋭い旋転と跳躍を重ねながら、地を滑り、壁を蹴り、宙を飛ぶ。

目にも留まらぬ体術裁きで黒鉄の魔女の〈雷浄〉砲を躱す。

同時に手にする雷杖を開花させては〈雷浄〉を放つ。一撃も外すことなく。

幾筋も閃くクオの緋闇の〈雷浄〉が、着実に魔女を撃ち貫いた。

〈雷浄〉砲を狙い撃つ衝撃の連なりに、魔女の巨体が大きく仰け反る。

「────────────ッッ！」

再び不可視の音圧が空間を支配した。

標的を撃てず業を煮やした魔女の絶叫。

叫ぶ声は「何か」を言っていた。音声が金属音から肉声へと徐々に近付いている。

回避できない凄まじい音圧に堪らずクオが動きを止めると、黒鉄の魔女が拡げていた翼の一部が千切れ飛び、それ自体が巨大な砲弾となってクオに迫った。

「！」

瓦礫を盾に回避するも、黒い砲弾は巧みな追尾を展開する。

抉るような急旋回でクオに殺到し──

ドン────！　と、鋭く重い、激突音が轟いた。

「クオ──」「先輩っ！」

坑底の窪みから戦闘を見ていたルカとノエルが瓦礫に身を乗り出す。

息を呑(の)む二人が塵煙(じんえん)の先で見たのは、砲弾との激突地点で佇(たたず)むクオだった。

確かに着弾の衝撃はあった。だが、その先にあるはずの、破壊がない。

焦げた塵(ちり)の中で立っているクオの手からいつの間にか雷杖(トールバール)が消え、右の手が前に向かってすいと掲げられていた。

まるで迫る砲弾を素手で受け止めたかのように。

次の瞬間。

クオの指先に濃い緋(あか)が灯(とも)り、深い黒が巡り、右手全体を覆い尽くした。

鱗(うろこ)を思わせる歪(いびつ)な装甲が、クオの右手と同化する。

〈魔女狩り〉としてのクオの独自魔力が、発動したのだ。

黒鉄の魔女の更なる攻撃が続く。

〈雷浄(ルーメン)〉砲の連撃に加え、ドレスの鋼を変形させて射出する砲弾。

雷丸に似た弾の形状だが、大きさも威力も桁違いだ。正確で速度ある追尾機能は、最新兵器特有の能力が遺憾なく発揮されている。

撒(ま)き散らされる雷閃(らいせん)と砲撃に、ルカとノエルは瓦礫に身を隠し流れ弾を凌(しの)ぐことしかできなかった。

破壊の奔流のただ中で、クオはなおも黒鉄の魔女と対い合っている。

人であれば秒と存在していられない魔女による猛撃のなか。

蒼黒を迸らせる〈雷浄〉を、砲弾を、クオは弾け飛ぶピンボールの勢いで回避する。

その凄まじい動きに、追尾でかいくぐった砲撃が迫ると――

クオは装甲化した右手を振り上げる。その瞬間。

装甲から緋闇が迸る、と、雷がクオの動きを拡大させ巨大な腕の形を成した。

黒い肌に赤い雷閃を血管のように走らせた、地獄に在るべき魔物のような腕が。

クオの動きに倣い、迫る砲撃の群れを掌で受ける。

次には砲弾が、跡形なく霧散していた。

喩えではない。クオの右手から拡がった雷の巨腕に触れると同時に、鋼の砲弾は形を失い、灼き尽くされ、粒子に、塵芥に――

文字通り、灰と化したのだ。

〈灰漠〉

それがクオの〈魔女狩り〉としての独自魔力だった。

装甲化した手に、あるいはそこから雷で具現させたものに触れた万物を、灰にする。

高温で灼かれた物質が迎える境地を一瞬でもたらす、攻撃と言うにはあまりに一方的で恐ろしい現象。強力無比な力だった。

押し寄せる雷閃にクオが手を掲げると、装甲から花開くように雷が咲く。

多量の花弁を開いた緋闇の雷が、全方向から殺到する〈雷浄(ルーメン)〉を一瞬で灼き、灰にした。

「…………！」

初めて目の当(ま)たりにしたクオの力に、ノエルは息をすることも忘れていた。

力を武器に変えて戦うノエルたち次番(クオーター)世代とは、次元が違いすぎる。

むしろ魔力を毒や炎として撒き散らす、魔女に近いものだ。

最強の〈魔女狩り〉でありながら「魔女」とあだ名されるほどの。

たったひとりですべての戦場を等しく灰にし、戦争を終わらせた力。

クオはかつて、仲間の〈魔女狩り〉——欠番(ヌル)の少女たちをその手で灰に還(かえ)していた。

そうすることで墓標すらない少女たちの死を、弔っていたのだ。

烈(はげ)しさを増す猛攻はなおも止(や)まない。

だが——黒鉄の魔女の優位は揺らごうとしていた。

攻撃を灰に還しては、指先から〈雷浄(ルーメン)〉の雷閃を撃つ——己の魔力を〈灰漠〉に、次には〈雷浄(ルーメン)〉へと瞬時に切り返すクオの着実な攻勢により、黒鉄の魔女は削られている。

と、次の踏み込みで、ついにクオが黒鉄の魔女の間合いに突入した。

突き出した右手から緋闇を拡げ、雷迸る巨腕で魔女のドレスの裾を、摑(つか)む。

瞬時に目の前で蒼黒が閃いた。

〈灰漠〉の力が及んだ部分を魔女が自ら斬り断ったのだ。

魔女は灰のなかを素早く後退すると、ドレスの裾を、両翼を、その身の黒鉄をすべて拡げ、持てる力すべてを攻撃に転換すべく魔力を漲(みなぎ)らせた。

〈雷浄(ルーメン)〉砲へ、あるいは鋼の砲弾へ。

だが、その全攻撃が放たれるよりも疾速(はや)く――

地を踏み蹴り、垂直に飛び上がったクオの身体(からだ)が。

長大な漆黒のドレス、両翼よりも高く跳躍し、黒鉄の魔女と向かい合う。

「――――、」

美しい線を描く頤(おとがい)が歪(ゆが)み、音を超えた絶叫が迸る前に。

翻したクオの右手がその喉元に触れ、魔女を、黒鉄をすべて灰に還した。

一瞬にして灰と化す黒鉄の巨塊。

灰燼(かいじん)とともに地面に落ちようとしていたクオの身体を――

「────────────────────────ッッッ‼」

上からの猛烈な圧力が襲った。

「っ、」

バランスを崩しつつも灰の中着地したクオが頭上を見上げる。

そこにあったのは、最初に出現していた四肢を生やした真っ黒な卵だった。

黒鉄の魔女が坑底に降りた後も、まだそれは動いて、いや、生きている。

クオは思い出す。黒鉄の魔女がそこから産み落とされていたことを──

「クオっ！」

瓦礫を掻き分けながら、ルカが叫んだ。

「あいつの心臓は、本体は、あっちの方だ！」

「！」

四つの肢で壁にへばりつく異形の塊。

割れたままの背部で淀んだ黒を蠢かせ、土を捏ねるように形を作っている。

「あいつは〝母〟のように、産むことを望んでいたんだ、だから──」

声に滲み出る思いを塞ぐように、ルカはそこで言葉を切った。

クオは異形の卵を凝視する。

最初にその身から黒鉄の魔女を産み落としたように——

(さっきと同じ……兵器を搭載した魔女をまた、作り出そうとして……⁉)

あんなものを量産されたら、今度こそこの空間は保たない。

クオは瞬時に右手の装甲を雷杖に変形させた。

ここから大砲規模の〈雷浄〉を頭上の標的へ撃つには、杖を介するのが最適だ。が。

「————————ッッッ‼」

再びの絶叫に、動きを奪われる。

魔女の叫びは肉声のものに近付いていた。生前の声を取り戻そうとしているのか。

それはまるで悲鳴のようだった。そう、まるで——灰と化してしまった黒鉄の魔女の死を嘆くような。

その哀しみを、怒りを、新たな滅びの権化とするべく、異形の卵は次の黒鉄の魔女を産み出そうとしている——

「ルカ、ノエル、下がっていてくださいっ」

クオは二人に言うと、頭上で泣き叫びながら漆黒をうねらせる異形を、
魔女を見据えた。

「——斃しますっ！」

雷杖（トールバール）を構え、瞬時に〈雷浄（ルーメン）〉を発現させる。

深い黒と、壮烈な緋（あか）が入り乱れる雷が、クオの全身に渦巻いて。

ピン——と雷閃が張りつめ、二筋の巨大な光へと凝縮される。

それがクオの背に翼のように拡（ひろ）がり、羽ばたきを打ちおろした瞬間。

弾（はじ）けた雷の衝撃を推進力に、クオは鋭く跳躍した。

一瞬にして魔女本体の黒塊の高さに迫ったクオを、

「————————ッッッ‼」

魔女の絶叫が横殴りにした。

宙にいたクオはなすすべなく壁に叩（たた）きつけられる。

だが、すかさず旋転し足で壁に着地したクオは、その体勢のまま身構えた。

今度こそ魔女と対（むか）い合ったそのとき。

割れた異形の奥から、坑底で対峙（たいじ）した黒鉄の魔女と同じ上半身が顕（あらわ）れていた。

絶叫の形に開かれた魔女の口が、クオに向かって。

ついに今際（いまわ）の際（きわ）の断末魔を取り戻す。

「——おまえが——わたしを——うらぎるのか——！」

耳を劈（つんざ）く絶叫は、確かにそう言った。

叫ぶ声の深い絶望を確かに感じ取りながら――

クオは雷杖（トールバール）を右手に装甲化させ、壁を蹴り飛んだ。

肉声となったその声に、ひとつ前ほどの音圧はなくなっていた。

押し寄せる衝撃波を緋闇（ひあん）の巨腕で打ち払いながら。

一瞬にして魔女に迫り、その顔に手を伸ばすと――

クオは赤と黒の鱗のような指先で、魔女の目元を、眠らせるようにそっと撫（な）でる。

〈灰漠〉は触れた魔女を、兵器と同化した異形ごと灰へと還した。

蘇（よみがえ）った魔女は色を失い灰となり、空気に散る灰燼となる。

ルカは坑底の真ん中に進み出ると、淡く舞う灰を静かに見上げた。

手を伸ばす。が、灰はすぐ空気に消えてしまい、指先に留（とど）まるのはごくわずかだった。

その幽（かす）かな感触へ聞かせるように、ルカは呟（つぶや）いた。

「ごめん。きみとの約束は果たせないよ」

『もし私がヒトに出し抜かれ討ちとられたら――ルカ、お前が私の仇（かたき）を取れ』

命じられるように交わした、彼女との約束を覚えている。

今際の際に残っていた、彼女の「うらぎるのか」という断末魔は、もしかしたらルカに対する恨み言だったのかもしれない。

だけどぼくは、その約束を破る。

「ともだちが、できたんだ」

そのコはぼくのことを助けてくれて、気まぐれなぼくの行動に巻き込まれてくれて、ぼくを思って心配してくれたり、怒ってくれたり、泣いてくれる――ヒトのコだ。

――本当は、ずっとずっと探していたんだ。

見つからないままだったら、自分はエリフィティノールとの約束を果たしていただろう。

――だけど、やっと出会えたんだよ。

魔女ではなく、ルカという存在を大切だと思ってくれる、ともだちと。

だからヒトは滅ぼさない。この世界は壊さない。

ともだちと、生きていくために。

崩壊を免れた坑洞に、どこかの通風孔を通じてか、風が流れてきた。

弱く小さな風がルカの指先にあった灰をさらう。

灰へ還り、跡形も遺さず消えるかつての友をルカは静かに見送る。

「さよなら、エリフィティノール」

それを弔いにした。

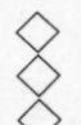

「……〈魔女狩りの魔女〉……！　よくも……私の計画を台無しにしてくれましたね……！」

魔女を討ち斃したクオを坑底で迎えたのは、ルカとノエルだけではなかった。

落下による打撲で全身をぼろぼろにしたマクミランが意識を取り戻し、怒りに血走った目でクオを見据えていた。

「ですが、これで無事に確定しました。特殊任務中にも拘わらず〈魔女狩り〉の力を使ったとあれば、直ちに廃棄の決定が下されるでしょう……ッ！　〈魔女狩りの魔女〉はこれで終わりですよ！」

その姿を、ノエルは冷ややかに見つめていた。

「終わるのは……少将殿、あなたでしょう」

学園理事と王国軍少将という立場を利用し、貴族連盟の協力を得て秘密裏に増設した学園の施設で、新型兵器の開発を独自にすすめていた――

軍事機密はもちろん、あらゆる条項への重大な背反に満ちた所業が明らかになったのだ。

「黙れこの……恩知らずの無能兵器が！」

マクミランは声を荒らげた。だが動じないノエルを忌々しく睨みつけながら、

「私は魔女戦争で功績を上げるしか能のない、軍の愚劣な幹部連中どもとは違うのだ！いずれ貴族連盟を統べ、王室に最も近い地位を獲得すべきアロンダイト家筆頭だぞ！私が本来在るべきは、野蛮な軍などではなく貴族連盟の中心なのだ！

軍事兵器も人外の素材も、この私の礎となることをむしろ誉と思うべきだ！」

――唾を散らしながらの罵倒はまだ続いた。軍への恨み言や侮蔑露わな口汚い罵声。

密かに積み上げてきた計画を、完成間際だった最新鋭の兵器を、目の前で壊滅させたクオへ憎悪の矛先を据え、必ず処分してやると憤怒の形相を剝く。

「貴様を終わりにしてやる、人外が！」

そう吼えると、思い出したようにルカへも目を向け、指を突きつける。

「そこの魔女もだ！　死にぞこないの邪悪が！　ひき肉にでもして、新型兵器の原材料にしてやるからな！」

残忍な笑みで言い放つと、痛む身体を押さえながら引き攣った哄笑を響かせる。

「やはり私の思った通りではないか……！　用済みの人外など生かしても碌に──ッ」

嘲笑混じりの言葉が、鈍い音とともに途絶えた。

無言で前に進み出たノエルが、振りかぶった拳でマクミランを殴りつけていたのだ。

容赦ない強烈な一撃に、マクミランは頭から地面に突っ込み、そのまま動かなくなる。

「…………ひ、え」「ひゅう」

唖然とするクオの横で、彼らのやりとりをのぞき見していたルカが小さな喝采を送る。

「……大事な話すんだから、黙っててもらうぞ」

足元のマクミランの後頭部に低い声で言い放つと、ノエルは顔をあげた。拳を解いたその表情にはどこか吹っ切れたものがある。

凜々しくも厳しい眼差しに、クオは反射的にぴんと背筋を伸ばした。

「──それで、どうするつもりなんだよ先輩」

「……あ、えと、ノエル、すみません。あの……このあと、少し協力してほしいんです」

気を取り直したクオの傍らで、ルカもまた静かな目でノエルを見ていた。

命令に背いた〈魔女狩り〉と、魔女。二人を前に、ノエルは複雑な表情になっていた。

クオだけでなく、ルカに対しても思うところある目を向けている。

「……軍幹部を騙すシナリオでも作れっていうのか？」

ノエルは、不可能なことだと判り切っている、そんな口調で問う。

幹部のなかには〈魔女狩り〉のボス・アビゲイルがいる。

彼女を騙し遂せる、魔女の存在を隠し通す芝居など――どんな役者であろうと不可能だ。

クオはふるふると小さく首を振った。

「いえあの、わたし、ごまかすとか騙すとかは、本当に苦手なので……」

「……そうだろうな。ほんと、どうするつもりなんだ、先輩」

顔を上げたクオに、諦めはなかった。

真剣な光に満ちた眼で、クオはノエルと、ルカとを見る。

「正直に、言うべきことを言います」

地下で巻き起こった状況に、軍部への報告を入れたのはノエル率いる〈スクルド〉の班員二名だった。

自分たちの班長に、理事でもある少将、そして監視対象のクオが入ったきりの別館。

人気も失せた時間、突如そこから地上をも揺るがす轟音と砲撃、〈雷浄〉の気配までもが勃発したのだ。迷わず本部へ報告を入れた。

緊急事態とはいえ二人は待機命令を下されてしまい、その後も現場に立ち会うことは許可されなかったのだが。

夜の帳(とばり)が落ちた学園に軍の者が大挙したのは、ほどなくしてだった。

その頃には既に、クオが兵器と同化した黒鉄(くろがね)の魔女とその本体を討伐していた。

地上へと救助されたクオたちを、軍人らが別館前で出迎える。

居並ぶ軍人の前に立つ幹部は、即時に現場へ駆け付けることができたハーシェル・ドラウプニル大佐、そしてアビゲイル・ブリューナク大佐だった。

別館を中心に大勢の軍人が検分を開始している。貯蔵されていた軍事兵器・武器の押収(おうしゅう)、地下施設の探索、そこでの戦況の調査——

大佐らは現場指揮を一通り済ませると、複数の軍人とともにクオたちを取り囲んだ。

軍用車のヘッドライトが射るようにその場を照らすなか。

鋭いライトを背にアビゲイルが一歩進み出た。

「説明しろ」

鋼を思わせる冷徹な目がクオを捉える。

真正面に立つクオは、硬い表情で向き合った。

クオが説明したのは、自分に課された特殊任務に搦(から)めたマクミランによる計画だった。

彼の独自による新型兵器の開発。

軍部の許可もないまま学園を根城に地下施設を造り、戦時中から軍事兵器を秘蔵し、兵器開発を進めていたこと。

偶然にも隠されていた軍事兵器を学園の校務員が発見し、その情報を売ったことで先日のテロリスト襲撃があったことと、校務員はすでにマクミランが始末していること。

この特殊任務は、彼が素材として目をつけていた〈魔女狩りの魔女〉獲得のためだったこと。

クオを確保するために、学園の一般生徒が人質にされ巻き込まれたこと。

そしてつい先刻――彼が軍部から持ち出した『魔女の断片』が、新型兵器を乗っ取り暴走したこと。

魔女と兵器の破壊を阻止するため、クオは〈魔女狩り〉の力を使った、ということまで。

ノエルやルカからの情報も補完しつつ、クオは淡々と事実を述べた。

ただ、人質にされた生徒――ルカが魔女である、という点を除いて。

下手な小細工など弄さず、あったことはすべて正直に言う。ルカが「巻き込まれた生徒」というのも事実だ。彼女が魔女であるという真実さえ口にしなければいい。

嘘をつくのではなく沈黙を貫くことなら、クオでも可能だった。

当のルカは別館内の楽器を覆っていた布を頭からすっぽりかぶって、俯いて小さくなっている。無言で固まる彼女にノエルが介抱するように寄り添っていた。

アビゲイルにはルカの姿を見られない方がいい、と思ったクオの苦肉の策ではあった。

だが「一般生徒」が人質にされたうえ軍事兵器の暴走に巻き込まれたのだ。軍人に取り囲まれてすっかり怯えている——という状態も不自然ではないはず。

何より、学園の地下施設と兵器の存在が、人質の生徒以上にクオの話を裏付ける有力な証拠となり、注目もそちらに傾いている。

当初、クオに厳しい目を向けていた軍人も、徐々に疑惑と非難の目をマクミランに移すようになっていた。

「……どうしました、今何が問題なのか、理解ができませんか？」

下位軍人らの無礼な視線を、しかめっ面で頭部を押さえていたマクミランは険しい目で睨み返した。口調こそ丁寧だが、乱れた髪とぼろぼろになった身なり、なにより語気や表情からはこれまでの温厚さが失われている。

「現実を見なさい。人間のふりをしていた〈魔女狩りの魔女〉が、命令に背き力を使ったという事実を！」

クオへと荒く指を突きつけながら、

「『これ』は間違いなくただの兵器に過ぎない！　直ちに処分すべきです！　どうしましたハーシェル・ドラウプニル大佐！　私は公正に、そう断じているのですよ！」

「確かにその点には肯定しますが——」

投げかけられた言葉に、〈魔女狩り〉処分推進派であるはずのハーシェルの表情は曇っていた。厳しい眼差しでマクミランを見返す。

「少将殿。それよりも……なぜこの学園に、軍事兵器が大量に貯蔵されていたのですか。本来は軍に保管されているべきもののはず。それに、こんな地下施設をどうやって——」

「新型兵器開発のためです。私が必要と判断し戦時中から指揮を執っていました」

「……では『魔女の断片』は。本来軍本部から持ち出すことなど、厳重に禁止されているはず。なぜそんな重大な違反事項までも独断で、」

「王国軍のためですよ。なぜ判らないのですか」

ハーシェルを遮り、尖った声でマクミランは言い切った。

「軍部の発展のため、私にはある程度の単独行動と判断が許されています。新型兵器開発はあくまでその範囲に則った行動に過ぎません。何の問題もない。

何度も言わせないでください、今ここで取り沙汰すべきは〈魔女狩りの魔女〉の処分、そして何より！　邪悪な魔女が——」

「アロンダイト少将」

ピンと鋭利な声に、場が一気に張りつめた。

鉄面皮のアビゲイルが色味のない平淡な眼でマクミランへと言い放つ。

「現状況聴取において、あなたは当事者だ。発言を許可するまで黙ってもらおう」

「…………な…………ッ」

階級が下であるはずのアビゲイルの宣告に、マクミランは絶句する。

「あなたは既に、軍事最高機密である『魔女の断片』奪掠(だつりゃく)の重要参考人だ」

「言ったはずですよ、ブリューナク大佐！　あれは私の判断で、」

「最高危険物である『断片』の持ち出しなど、少将の独自判断の域を優に超えている。理由は——充分思い知っただろう。命拾いした身を黙って労(いた)わるべきだ」

「…………ッ、」

淡々とした追い打ちに、マクミランは窒息寸前のような息を漏らしたきり、沈黙する。

「——とにかく！」

場を仕切り直すかのように、ハーシェルが声を張った。糾弾すべき〈魔女狩りの魔女〉を追い詰めるべく一歩前に進み出る。

「状況把握が先だ。少将殿による新型兵器開発の動機ならその後にでも詳細に聴取を、」

「――おっ」

唐突に。クオが大きく息を吸い、声を発した。

「おこぼ、っ、お言葉ですがっ！」

思いっきり噛んだ言葉の訂正に、声のボリュームが思わず上がってしまう。

「しょ、少将殿が新型兵器を開発されていたのは、王国軍のためではありません、です」

「……なんだと？」

ハーシェルはじめ、周囲の軍人の視線がクオに集まる。

その形相の迫力に、ひえ、とクオが息を呑むと、ルカに寄り添っていたノエルが背後から助け舟を出してくれた。

「少将殿が地下の施設で兵器開発をしていた目的は、貴族連盟に転向する折、有力な手土産をもって地位を確固たるものにするためです。少将殿から直接聞きました」

ざわつく周囲にかまわず、ノエルはさらに続ける。

「王国軍に並びうる新型兵器の開発には、先輩の血が必要だと仰っていました。『魔女の断片』も、貴族連盟に披露する試作品のために使おうと――」

「出鱈目を吐かすな無能兵器がッ！」

マクミランが怒声で吼えた。ついに飛び出した暴言に、近くにいた軍人がぎょっとする。

「命令も碌に果たせない人外が、証拠もなく妄言をほざくな！　……そうだ、ドラウプニル大佐！　そんなことよりアイツを早く捕えなさい！　アレは魔女の――」

「証拠ならありますっ！」

マクミランが布で全身を包んでいるルカに手を伸ばそうとしたので、クオがすかさず声を上げた。

「少将殿の行いが、何のためのものだったのか、少将殿自身が語られていますっ」

そう言ってクオがポケットから取り出したのは、小さな録音機だった。

『黙れこの……恩知らずの無能兵器が！』

その場ですぐに再生された音声に、一同が凝然とする。

『私は魔女戦争で功績を上げるしか能のない、軍の愚劣な幹部連中どもとは違うのだ！いずれ貴族連盟を統べ、王室に最も近い地位を獲得すべきアロンダイト家筆頭だぞ！私が本来在るべきは、野蛮な軍などではなく貴族連盟の中心なのだ！

軍事兵器も人外の素材も、この私の礎となることをむしろ誉と思うべきだ！』

「――――な……………！」

一同が耳を聳てる中、マクミランだけが呻き声を漏らす。

クオは地下で自分を相手にがなり散らしていたマクミランの発言を、ルカにもらった録音機でこっそりと記録していたのだ。

　最初からそのつもりはなかった。ただ、自分の説明ではアビゲイルや軍幹部らを説得するには力不足だとは自覚していた。

　そこに魔女討伐直後のマクミランの自分への態度を目の当たりにして閃いたのだ。

　奇しき幸運と言うべきか、クオを相手にした加減のない罵声は安物の小型機材でもはっきりと録音することができた。勿論、誰の声であるかも判然としている。

「…………！」

　マクミランが凍り付く中、録音上での罵声はまだ続いていた。〈魔女狩り〉への罵りだけでなく、軍部や軍人らを侮り蔑む暴言の数々――

『貴様を終わりにしてやる、人外が！』

　それを最後に録音は終了していた。

　もはやその場の空気は当初とは別の緊張を漂わせていた。

　私利私欲のため新型兵器を開発し暴走させた、救い難い重罪人。

　この場の一同はそういった目で、マクミラン・アロンダイト少将を見ている。

「……渡してもらおうか。それは重要な証拠品になる」

　硬い声とともに差し出されたハーシェルの手に、クオは録音機を渡した。

「……そんな……録音だけでは……」

「語るに落ちたな、マクミラン・アロンダイト」

そこでアビゲイルが、淡々とした声で吐き捨てた。

動揺の微塵もない凪いだ声に——クオはふと思う。

彼女は早い段階で、マクミランに不審を感じていたのでは。

テロリスト襲撃の調査で学園に出向いたのも、彼に直接揺さぶりをかけるためだったのかもしれない。

アビゲイルはもうマクミランを見ない。怜悧な目は、クオに据えられていた。

「クオ。お前が〈魔女狩り〉の力を使ったのは事実だな」

「はい」クオは頷く。「あの時、あの場で、学園を守るためには必要だと判断しました」

「それは任務の内容にはなかったはずだ」

〈魔女狩り〉の力を使わないこと。

〈魔女狩り〉だとばれないよう『普通の生徒』になること。

それがクオに与えられた任務で、それ以外は許されていない。

「申し開きがあれば聞く」

「ありません。ですが——」

クオは顔を上げた。

「アビゲイル、どうかわたしに、この任務を続けさせてください」

「……」

アビゲイルは微かに目を見開いた。

真紅の瞳が揺れ動く。

それは、真正面に立つクオだけが捉えることのできた微動だった。

向かい合う二人に周囲の注視がつのる。震えを堪え、クオはアビゲイルを見つめると、声に力をこめた。

自分の言葉を伝えるために。

「わっ、わたしは、この学園にいたいです。『普通の生徒』として生活することは、正直まだ難しいです、けど、ですが、誰かと出会うことも、誰かと一緒に生きることも、まだ続けていきたいんです」

命令された任務を果たすことだけを考えていたころとは違う。

自分を処分する、という軍の判断すら粛然と受け入れていた自分ではない。

何が大切か、それを大切にするために何をするべきか。

クオはそれを考えて、選んで、行動することにしたのだ。

ともだちができたから。

自分が〈魔女狩り〉であることよりも、もっと大切なものを見つけたから。

この先も、わたしは生きていきたい。

強い決意を胸にしたクオを、アビゲイルは冷たく冴え渡る真紅の目に映していた。

「お前の行動は任務に反していた。その自覚はあるか」

クオを見るアビゲイルの目は刃のようだった。傍にいたノエルが堪らず固唾を呑む。

「はい」

クオは頷く。自分の意思と選択は、すでにこの状況が雄弁に物語っている。アビゲイルにこれ以上の説明は要らなかった。

「そうか」

アビゲイルはそれだけ言うと、拳銃を取り出した。

簡素な発言と同じく、無駄のない動きは流麗ですらある。

一同がその動きを見届ける中で。

引き金が絞られ、一発の銃声が響いた。

The Bocchi Graduation Plan Of Witch Hunt

The isolated anti-witch weapon goes to the girls' high school.

エピローグ

朝の清爽な陽光と空気の中、正門が開かれたばかりの学園にまだ人の気配はない。

本館に向かって延びる並木道を前に、クオは佇んでいた。

戻って来たんだ――と、ほっとする。ふと傍らを見ると、ノエルの横顔にも安堵が浮かんでいた。

二人は二日ぶりに、ウルラス学園にいた。

マクミラン・アロンダイトによる独自の新型兵器開発および暴走による事件を経て、二人は事後状況報告に追われていた。証言の照合と事実確認を終えると、二人は再び学園での特殊任務とその監視の続行を言い渡されたのだ。

クオは、処分されることはなかった。

「……正直、まだほんとかよって思ってるけど」ぽつりとノエルは言う。

「でも――ボスが断言したんだ、間違いないよな」

——二日前。クオからの説明を聞き終えたアビゲイルが撃ったのは、弁解と言い訳を喚き散らしていたマクミランの肩にある少将の襟章だった。

雷丸は彼の少将たる証を粉々に砕いた。肩口の閃光の衝撃に悲鳴を上げ、尻餅をついたマクミランを、アビゲイルは一顧だにせず告げる。

「連行しろ」

軍事会議を待たず重罪人に引導を渡したアビゲイルを、咎める者はいなかった。

兵士は狼狽えるマクミランの脇を容赦なく抱え、引きずるように軍用車へと運んでいく。

だが——ここで幕引きとはいかなかった。

「ブリューナク大佐。〈魔女狩りの魔女〉は、どうするつもりだ」

ハーシェルが鋭い目で〈魔女狩り〉とその上官たるアビゲイルを見るが、語気にある敵意は鳴りを潜めていた。

忌まわしい〈魔女狩り〉以上の重大な謀反人を前にしたせいだろう。

「このまま任務を続行させる」

銃をしまったアビゲイルは淡々と答えた。

「軍少将の重大謀反行為に加え、元帥の肝煎りで開始した特殊任務までもがこの謀反が原因で失敗となっては、幹部全員立つ瀬がなくなる」

奴がこの特殊任務を元帥に提案したのも、貴族連盟への手土産のためだった。

王国軍幹部は、マクミランにまんまと煮え湯を呑まされるところだったのだ。

「……！　まさか、この一件をまるごと軍内部で処理するつもりか？」

「そうすべきだ。マクミランの謀反行為には貴族連盟が関わっている。ことを大きくして騒ぎ立てても、連中に付け入る隙を与えるだけだ」

王国貴族は総じて、魔女戦争で台頭した王国軍の権勢を好ましく思っていない。軍を牽制しうる力を求めた貴族が、マクミランに「手土産」を唆した可能性もある。マクミランから絞り出すべき情報は多い。当面は営倉で生かし、貴族側の反応を探るべきだ。

こうした軍部での動向に勘付かれないためにも――

「表面上、この状況は『なかったこと』にする」

相手が上官であろうと、大胆かつ最善の方法を即断し決行する――ハーシェルは、目の前のアビゲイルという存在に畏れすら抱こうとしていた。無言で承諾の意を示す。

元少将の裁きの行方は、その後クオたちに知らされることはないだろう。

今の二人は、ウルラス学園での互いの任務に励むだけだ。

クオは『普通の生徒』としての日々を全うし、ノエルはその監視をする。

「――言っとくけど、慣れ合うつもりはねえからな、先輩」

自身への戒めも込めて宣言するノエルに、クオはぴくっと肩を跳ね上げた。

「……えっ、あ、そっ、そうですよね。ノエルは任務で……よ、よろしくお願いします」

「自分のこと監視する奴にする挨拶じゃねえだろ……」

「でもあの、そうだ、ノエル、わたしのこと、見張っていてください」

怪訝（けげん）なノエルに、クオは一歩前に進み出ると、息を吸って一気に捲（まく）し立てた。

「わ――わたしは〈魔女狩り〉ですけど、自分で考えたり決めたりして、たくさんの人と出会って、この先も、誰かと一緒に生きていけるって証明できるように、がんばります、ので」

『――だったら、あたしも……選べるのかな……』

ノエルが呟（つぶや）いていたあの言葉への答えを示すためにも。

クオはこの任務を遂げて見せるつもりだった。

「なのでその………どうか、これからも、ルカのことを秘密にしてくれませんか？」

クオの切実な眼差（まなざ）しに、ノエルがぐっとたじろぐ。

ルカ――この学園の生徒で、クオのともだちで、魔女。

〈魔女狩り〉として、絶対に討伐しなければならない存在。

だけど、もう。

『——ルカは敵なんかじゃないんです』

地下施設で闘いながらクオが言った言葉を、ノエルは否定できなかった。

「……正直、ずっと迷ってた」

受け入れたと言えば嘘になる。今もまだ、自分の気持ちは割り切れていない。

「でも——あんたのともだちなんだろ」

それなら、信じるよ——と、ぽつりと呟き、

「あとさ、あいつに——ルカに『悪かった』って伝えといてくれないか」

「……へ、ぅ？」

「あたし、あいつのこと一度殺そうとしたんだ」

地下施設で、ルカが魔女だと初めて知った瞬間のことだ。

咄嗟の、身に刷り込まれた反射動作とはいえ、ノエルは後悔していた。

あのときルカは、マクミランの凶弾から身を挺して自分を助けてくれたのに——

「……あ、でも、それでしたら……ノエルから直接ルカに伝えた方がいい、です」

その状況を察したクオは、やんわりとノエルへ提案する。

「きっとルカ、笑って『いいよ』って言ってくれると、思います」

「……う……あいつ、からかって来そうだけどな……仕方ないか」

ノエルは小さく唸るが、もうその声から翳りは消えていた。

「じゃあ、あとでな先輩。――秘密の件は、了解だ」

ノエルは素っ気なく言うと、ひとり本館へと向かって行った。

その背に「ありがとうございますっ」とお礼を告げると、クオはふと並木道の先にある時計塔を見上げ――何かに気付いて駆け出した。


梯子を駆け上がり、小さな扉を開けると――

朝の爽やかな風が顔を強めに撫でた。

時計塔の、文字盤にある足場。

立ち入り禁止のその場所には、初めて会ったときと同じように――

薄墨色の髪をなびかせながら、ぼんやりと佇むルカがいた。

「――あ、あの、ルカ」

扉から覗きながらそっと声をかけると、

「………………クオ」

ルカはようやくクオに気付いたようだった。ゆるゆると、こちらを見る目が見開かれる。

「お、おはようございます、ルカ」

「…………。おはようクオ」

どこかぽかんとした声でルカは返し、ぽつりと呟く。

「……戻ってこられたんだね…………」

クオはこくりと頷くと、扉から身を乗り出してルカに近付いた。

「はい。──けどあの、ルカ、あれから色々と大丈夫でしたか？　軍の聴取も、あったと思うんですが……」

「うん。平気だったよ。その日のうちに解放されたし」

風に薄墨の髪を撫でさせながら、ルカは薄い笑みを浮かべていく。

「きみとノエルは軍の秘密の部隊にいるから、誰にも言わないようにって書類にサインしたくらいかな。あとは特に、問題なさそうだよ」

余裕に満ちた軽やかな口調に、クオはほっと胸をなでおろした。

「よかったです……ルカが、無事で」

聴取の折、ルカの正体がばれるアクシデントがないかと、ひやひやしていたのだ。

「ぼくもよかったよ──クオが無事で」

　安堵でやわらかくなる声。風で揺れる長い髪の奥で、ルカは微笑んだ。

「おかえり、クオ」

「……はい。ただいま、戻りました」

　そう言われ、そう答え、なんだか胸がいっぱいになっていた。

　そこではた、と気付く。

「あのルカ、ここで何をしてたんですか？」

「ちょっと探しものだよ」

　薄い笑みに、少しいたずらっぽいものが浮かんでいる。

「昨日は全然いなくてさ、このまま見つからなかったらどうしようって思ったら、ちょっとぼーっとしちゃった——なーんて」

「え……あ、探しものって、それは、あの……」

　たどたどしく自分を指さすと、ルカは無言でにんまりするだけだった。

「…………」

　こういうとき、気の利いた台詞が出てこない。

　自分が学園に戻って来るかと心配してくれたルカに、きちんとお礼を、いや——

「だっ、で、でもあの、ここで探しものはだめですよルカっ。立ち入り禁止なんですから、」

「そうだねー」

不真面目で暢気さ全開の相槌をルカが返したそのとき。

「お前たちまた何をやってるかああああああああ！　そこは立ち入り禁止だぞッ！」

爽やかな朝を劈く、野太い怒号が地上から炸裂した。

朝っぱらから顔を真っ赤にした中年教員ロイドが、猛然と時計塔に向かってくる。

「！　ひえ、わ――」

「あーあ、バレちゃったねえ」

しかしロイドは道でつんのめり、並木道脇にある花壇へと派手に転げ落ちた。

土に突っ伏して動かないロイドを、登校中の生徒たちが「うわあ」と覗き込んでいる。

「……！　わわわ、ロイド先生が……」

「あいつ体育会系のくせに、どんくさいところがあるからなあ」

ルカは妙に冷静な一言で片付けてしまう。

「と、とととにかく下におりましょうっ」

慌てた声で差し出したクオの手をルカが摑む。そのまま扉の中へと引き入れると、ぴょんと軽く飛び込んで来たルカはどこか面白がるような笑みを寄せてきた。

「――ロイドに捕まったらまたお説教だろうねえ」

「ひえ、……お説教、ですか……ロイド先生こわいのに、どうしよう……」

「よし、クオの愛嬌でなんとかしよう」

「あ、あい……きょ……？」

ルカはきょとんとするクオの手を取り、きゅっと胸元に引き寄せる。

「『先生ごめーんねっ』とか言ってさ。クオが可愛く謝れば許してくれるでしょ」

「っむむ無理です無理です無理ですよーーーーっ」

急激な照れと恥ずかしさに、クオが全力で首を横に振りまくる。

「わ、わたしたちが時計塔に登ってしまったのは事実なのでっ、反省文や掃除活動を言い渡されたら、粛々と受け入れるべきですっ」

「ちぇー、だよ。クオったら堅っ苦しいなあ。じゃあロイドが花壇で転んでる隙に、さっさと教室行っちゃおうよ」

「そ!? それは、でもあの、そんなっ」

「だってぼく、説教とか罰なんて受けてる場合じゃないもん。予定があるんだから」

ルカは「きみもでしょ？」と言いたげな目でにんまりしてきた。

「……へ？」

「ハーモニカを教わったり、休み時間に遊んだり放課後に寄り道したりさ、あと、今ぼく野宿してるからその相談もしたいかな」

そう言うと、クオの手を引いて梯子に向かう。

「どうせロイドに告げ口するやつなんていないでしょ。黙って教室行っちゃお」

「……ぁ……えと……」

教員から逃げる。『普通の生徒』にあるまじき、よくないことだと思いつつも。

ルカが口にした「予定」に、強いきらめきを感じてしまう。「野宿」も、気になるし。

「……だ、黙って教室に行ったら……ルカの『予定』、できます、よね」

ルカはそっと人差し指を口元に添えて見せた。

「もちろんだよ。お互い内緒にしようね」

「──はいっ」

内緒と言うにはずいぶん大胆な行動だが──クオは笑顔で頷いていた。

二人はいそいそと梯子を下りて時計塔を飛び出した。

ロイドはまだ花壇でもがいていた。登校中の生徒らはその姿を遠目に眺めているだけだ。

クオとルカは他の女子たちに紛れて並木道をゆく。

心地よい風が流れる朝の学園。賑(にぎ)やかで騒がしくて、ささやかで明るい──登校する生徒たちのざわめきの中をともに駆ける。

「でも後でロイドが追っかけてきたら面倒だねー。どうしよっか」

「あ、本館にあった隠し部屋……まだ塞がれてなかったら、そこに隠れるというのは、」

「ぷふっ。やるねえクオ。よし、それでいこう。きっと上手くいく。だってぼくら、」

「共犯（ともだち）ですから」

繋（つな）いだ言葉の心地よさに顔を見合わせると、二人は軽やかな足取りで教室に向かう。

あとがき

このたびは本作をお手にとっていただき、ありがとうございます。

平和になった世界で、主人公がぼっちなりに奮闘する物語になります。

　企画の段階では魔女が相手の戦記ものでした。腕は一流の特殊部隊の少女が、仲間と共にハードボイルド全開で手強い魔女たちと戦う感じです。よっしゃ戦じゃー！

が、内容詰めていくにつれ「こんなにたくさん女の子がいるのに可愛らしさがなさすぎじゃんよ」とやんわり矯正の至りとなりました。

かわいさですかー。そこは硝煙とか火力でなんとか……ならんやつでした。

その後なんやかんや色々あって、本作の感じになりました。

読者様におかれましては、堅っ苦しいことは考えず「クオかわいー」とか思っていただければ幸いです。

　書いているうちに、作中人物への愛着が育まれる物語でした。戦争は終わったんだし、みんな幸せになってほしい。

特に主人公のクオは頑張ってくれました。初稿の段階では、学園で狙撃されたり、下校中チンピラを返り討ちにしたり、ルカが部屋にお泊りしに来たり、ノエルにはあと二、三回ほど勝負を挑まれたりしていました。消耗度が五千キロカロリーくらい違うのでは。

てんやわんやな原稿をシュッと整えてくれたのは、企画の段階から愛と根気で本作に取り組んでくださった担当編集様です。要領の悪い自分相手に、半端(はんぱ)ない粘り強さで手腕を発揮してくださいました。ありがとうございます！

自分的には本作最大の難関だった「主人公のかわいさ」を瑠奈璃亜(るなりな)様がイラストでこれ以上ないまでに引き出してくださいました。本当にありがとうございます！　キャラデザや添付いただいたアイデアを主養分に、本作を書き上げることができました。

あわせまして、企画の段階からお世話になりましたファンタジア文庫編集部の皆さま方、デザイン、校正、営業、流通、販売に携わる方々、デビューを機に関わりを得られました創作関係の先輩、後輩、同期諸氏にも熱く、分厚く、感謝を申し上げます。

家族、友人にもたくさん支えてもらいました。ありがとう。自分も頼れる人にならねば。

末筆になりますが、この物語に付き合ってくださいました読者様に愛と感謝をこめて。

また次の物語でお会いできたら嬉(うれ)しいです！

熊谷茂太(くまがいもた)

魔女狩り少女のぼっち卒業計画
ウィッチ・ハント　そつぎょうけいかく

孤高の対魔女兵器、女子校に潜入する
ここう　たいまじょへいき　じょしこう　せんにゅう

令和５年12月20日　初版発行

著者――熊谷茂太（くまがいもた）

発行者――山下直久

発　行――株式会社KADOKAWA
〒102-8177
東京都千代田区富士見2-13-3
0570-002-301（ナビダイヤル）

印刷所――株式会社暁印刷

製本所――本間製本株式会社

ISBN978-4-04-075224-2 C0193 ◇◇◇